쉬

휘

초판 1쇄 발행 | 2017년 3월 28일

지은이 손솔지
발행인 이대식

주간 이지형 **편집** 김화영 나은심 손성원
마케팅 배성진 박중혁 **관리** 이영혜
디자인 모리스

주소 서울시 종로구 평창길 329(우편번호 03003)
문의전화 02-394-1037(편집) 02-394-1047(마케팅)
팩스 02-394-1029
전자우편 saeum98@hanmail.net
블로그 blog.naver.com/saeumpub
페이스북 facebook.com/saeumbooks

발행처 (주)새움출판사
출판등록 1998년 8월 28일(제10-1633호)

ⓒ 손솔지, 2017
ISBN 979-11-87192-33-6 03810

휘

손솔지 소설

새움

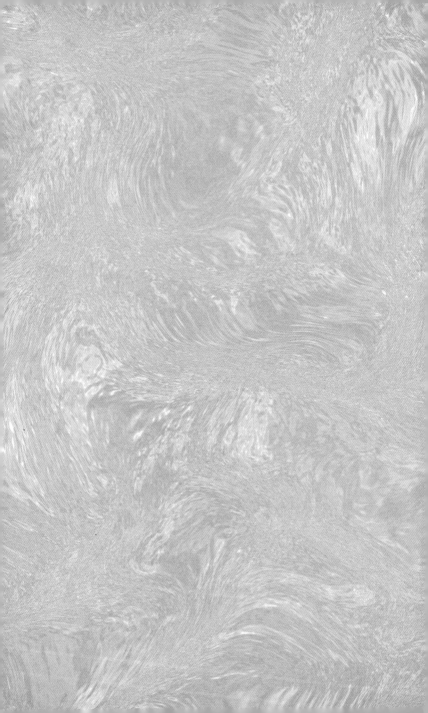

어느 밤이었습니다. 흰 화면을 눈앞에 두고 앉아 있는데 누군가 창밖을 두드렸습니다. 유리창에 부딪혀 나에게 닿지 못한 찬 바람이 밖에서 휘— 휘— 누군가를 애타게 부르고 있었습니다. 그래서 화면 안에 휘, 라고 한 글자를 적어놓자 나는 쓸쓸해졌습니다. 문득 나는 바람이 흘리고 간 이야기를 밤을 새워서라도 들어주고 싶어졌습니다. 휘, 라는 그 글자에 매혹되어버렸기 때문이겠죠.

한글에는 한 글자마다 주문처럼 큰 힘이 담겨 있다는 생각이 듭니다. 단단하고 작은 몸 안에 아주 많은 의미를 끌어안고 있어서, 가만히 들여다보고 있으면 어느새 그 속에 숨은 이야기들을 상상하게 되곤 합니다. 소설은 그 글자들을 드문드문 징검다리처럼 이어 붙여, 한 발자국씩 돌을 밟고 따라올 사람들을 내가 들려주고 싶었던 이야기 속으로 인도하는 일일지도 모릅니다.

누군가가 제게 물었습니다. 소설이라는 게 어차피 거짓말에 불과하지 않냐? 속으로 저는 고개를 주억거렸습니다. 소설은 사실 '진실을 담은 거짓말'에 가깝다는 생각을 합니다. 반대로 현실은 '거짓을 담은 진실'에 가깝고 말입니다. 그렇게 소설과 현실은 거울을 두고 서로 마주하고 있습니다. 그 사이를 이어주는 것이 바로 글자인데, 글자들은 모두 개성이 강하고 힘이 아주 세기 때문에 왕왕 이리저리 움직이며 그 모양과 의미를 달리하는 위험한 존재입니다. 나를 소설과 현실의 경계에서 비틀거리게 만들곤 합니다. 그래서 나는 자주, 아슬아슬하게 금을 밟고 서 있는 기분이 듭니다.

그럴 때면, 소설을 쓰는 일이 두려워집니다. 하지만 글자는 끊임없이 유혹하듯 속삭입니다. 창문가에 불어오는 바람 소리나 멀리서 퍼져오는 종소리, 바닥으로 떨어지는 물방울과 달려가는 개의 뒷모습, 길가에 박힌 못과 잠들지 못하는 여름밤의 캔맥주, 책상 위의 작은 흠집 같은 것이 저마다의 이야기를 감추고 있다는 것을 글자는 귀신처럼 알아냅니다.

어둠을 밝히는 촛불처럼 환한 그 눈동자로, 저의 이야기를 조용히 따라와 들어주실 당신께 감사드립니다. 종이 한 장을 사이에 두고 제 마음으로 넘어오는 금을 밟고 있는 당신, 우리는 다음에 또 어느 이야기의 길목에서 마주치게 될까요. 그때가 기다려집니다.

2017년 3월

손솔지

"네 이름에선 휘파람 소리가 나."

동그랗게 오므려진 소녀의 입안에서 바람이 샌다.

"네 이름만으로 바람개비도 돌릴 수 있겠어."

아무것도 모르는 소녀의 천진한 얼굴이 동그랗게, 동그랗게 퍼져나가는 빗물의 동심원 속에 있다. 소녀는 모르고 있다. 내 이름을 부르는 사람들은 모두 하나같이 불행해졌다.

식사 준비가 다 되면 어머니는 주문처럼 내 이름을 두 번 불렀다. 아버지는 부르지 않았다. 처음에는 부르지 못하였지만 나중에는 부르지 않는 것이 되었다. 방문판매 업자나 신문 배달부보다 더 드물게 집을 드나드는 사람을, 아무리 불러봤자 소용없다는 것을 어머니도 깨달은 것이다. 아버지는 늘 자신만의 흥겨운 삶을 지향했다. 이름은 있으나 아무도 불러주는 이 없는 악단에서 심벌즈를 친다고 했다. 그러나 어머니와 나는 단 한 번도 아버지의 악기를, 아버지의 악단을 본 적이 없었다.

어릴 적 나는 자주 심벌즈라는 악기를 상상했다. 모양새부터 음색까지 전부 내 상상 속에서 맘대로 주물러냈다. 아마도 심벌즈는 악! 하는 소리를 낼 거야. 그건 가끔 난데없이 부엌 쪽에서 들려오는 소리였다. 소리를 쫓아 뛰어가 보면, 어머니 홀로 아무 일 없는 듯 콩나물을 양념에 버무리고 있었다. 가끔은 옷장 속, 냉장고 안에서, 화장실 안에서 악! 그러나 그 안에는 어떤 악기도 없었다. 치맛자락에 젖은 손을 닦으며 고요하게 걸어 나오는 어머니가 있을 뿐이었다.

어쩌면 집 안 곳곳에서 아버지가 숨겨두고 간 심벌즈가 제멋대로 부딪쳐 내는 소리가 아닐까. 어머니는 늘 아버지의 이름을 문제 삼았다. 아버지 이름에는 악樂 자가 들어 있었다. 늘 즐겁게 살기를 바라던 조부의 뜻이었다. 아버지는 정말 즐거웠을까. 적어도 어머니만은, 아버지의 그 이름에 깊이 찔려 치명상을 입은 채로 겨우 삶을 연명했다. 날카로운 기역 받침에 가슴 한구석이 꾹 압정처럼 눌려 이따금 참지 못한 비명을 흘리곤 했다.

빗물이 새는 방구석에서 오줌 지린 듯 누렇게 젖어버린 벽지를 감상하며 지내던 어느 여름이었다. 그 지하에서 화장실이 거실과 이어져 있던 때를 그리워하던 동안, 아버지는 마침내 발걸음을 끊고 말았다. 오래된 보일러가 붙어 있는 지하방 안에서는,

귀 기울이면 멀리서 심벌즈 소리가 울려올 것 같았다. 아버지를 찾아와야겠다며 외출한 어머니는 올 기미가 없고, 혹여나 잠들었을 때 어머니가 돌아와 문을 열지 못할까 봐 비스듬히 열어둔 창문 안으로 빗물이 새어 들어찼다.

비가 그치고 이 빠진 노인의 잇몸 같은 문짝으로 서늘한 바람이 숭숭 들어올 즈음, 주인집 아주머니는 자꾸만 어머니를 찾았다. 가을 하늘은 아무런 표정도 없이 새파랗게 질려가고, 어머니는 바람결에 실종된 채 영영 오지 않았다. 나는 어머니가 아버지를 만나지 못했기를 바랐다. 혹여 아버지를 찾아, 아버지의 악단을 만나, 아버지가 연주하는 심벌즈 소리를 듣게 된다면 분명 슬퍼질 것이다. 절대로 아버지를 용서할 수 없게 될 것이다. 바람이 스산하게 분다. 휘—

"날 불렀어?"

소녀는 고개를 끄덕였다. 빗물이 거세졌다.

"무슨 생각을 그렇게 해?"

늘어진 시체처럼 입을 잔뜩 벌린 통조림 깡통 안으로 빗물이 들어차는 것을 바라보고 있자니 자꾸만 그날이 생각났다. 어머니가 돌아오지 않을 것을 언제쯤 눈치챘을까. 아마도 그건 어머니가 마지막으로 나의 이름을 두 번 연이어 불러주었을 때일 것이다. 문 앞에 서서 한참을 나가지 않고 석상처럼 서 있던 어머니는 고개를 돌려 내 이름을 익숙하게 두 번 발음했다. 그러곤 눈이 마주치자 어머니는 말했다. 저녁, 꼭 먹어라.

어둠이 몰려오고 있다. 소녀가 품 안으로 파고든다. 색색 숨소리가 마음을 평온하게 다독였다. 가끔, 꿈에 어머니를 보았다. 어머니는 반짝이는 붕어 비늘 같은 압정이 온몸에 박힌 채 퍼드덕거렸다. 마치 공기 중의 온도에 살갗이 타들어가는 것처럼 괴로워했다. 윗니와 아랫니가 딱딱 부딪치도록, 어머니는 어떤 소리를 발음해내고 있었다. 악! 악! 삶에 매달리는 목소리. 아버지가 날렵한 몸놀림으로 달려와서 어머니의 입술을 날카로운 바늘로 한 땀씩 꿰었다. 어머니는 입술 살점이 뚫릴 때마다 전율하며 이를 딱딱 부딪쳤다. 나는 온몸 이곳저곳을 바늘로 따내는 괴로움에 놀라 허겁지겁 꿈에서 벗어났다. 눈을 뜨면 이따금 창밖에서 내 존재를 확인하듯 노크하던 바람만이 휘— 휘— 울고 있었다. 그녀는 잠 속으로 어물어물 빠져들어 가며 잠꼬대처럼 물었다.

"부모님이 보고 싶지 않아?"

누군가 그녀와 똑같은 질문을 하며 주소를 적은 쪽지를 내밀었던 적이 있었다. 동네에서 가끔 마주치던 아주머니였다. 손등을 쓰다듬으며 젖은 눈을 맞추는 그 얼굴을 보면서 특별히 어머니를 찾을 결심을 한 것은 아니었다. 그러나 쪽지는 중요한 임무처럼 손바닥에 꾹 쥐어졌고 물어물어 찾아간 허름한 의상실 앞에서는, 어느새 간절한 마음이 되어 있었다. 어머니는 오랜만에 마주치자마자 저녁을 먹었느냐고 물을 것 같았다. 그러나 의상실에는 어머니가 아닌 다른 누군가가 있었다.

노인 회관에서 기증받은 벽 거울을 보며 새빨간 립스틱을 덧바르고 있던 마담이 나를 물끄러미 바라보았다. 어머니는 없었다. 얼마 전까지 어머니가 앉아 있었다던 구석진 자리 위에는 재봉틀도 없이, 뾰족한 시침핀을 잔뜩 꽂은 채 선인장 같은 모습을 한 시침핀꽂이가 남아 있을 뿐이었다. 나는 혹시 어머니가 그 시침핀꽂이로 위장하지는 않았을까 싶어서 한참을 노려봤다. 악을 쓰며 울고 난 뒤에 어머니는 가구로 위장한 것처럼 미동도 없이 집 한구석에 앉아 있기를 잘했다.

마담이 내 이름을 물었다. 그러곤 주문처럼 두 번 발음해본 뒤, 보온병 뚜껑에 커피를 담아 내밀었다. 의상실은 이제 영업을 하지 않는다고 했다. 처음에는 대량 주문이 들어오질 않아 못 했지만, 지금은 사람이 없어 안 하는 것이 되었다. 마담은 스스로 입을 옷을 뜯고 꿰매고 다시 뜯고 하면서 계속해서 재단하며 지내길 좋아한다고 했다. 똑같은 옷은 두 번을 입지 않는다고 했다.

"매일매일 새로운 옷을 입어야만 견뎌낼 수 있어."

"무엇을요?"

물음에 마담은 웃었다. 그러곤 나지막하게 내 이름을 불렀다.

"너 이름이 참 좋구나."

마담의 입술에서는 립스틱의 느끼한 기름 맛과 함께 향긋하고 텁텁한 커피 맛이 났다.

잠든 줄 알았던 소녀는 그 대목에서 조그맣게 웃었다. 어린 소년과 중년 마담의 정사를 소녀는 쑥스러워하면서도 즐거워했다. 그러나 그 정사는 일종의 긴 인사였다. 마땅히 그래야 하는 일로 생각했을 뿐이었다. 어머니는 거기 없었지만 뾰족하게 솟은 바늘들이 귀를 세워 우리가 내는 소리를 엿들었다. 지옥처럼 새빨간 마담의 입술은, 어린아이들이 울며불며 엄마를 부를 때처럼 크게 벌어졌다. 그리고 간간이 일그러진 발음으로 내 이름을 외쳤다. 내 이름이되 내 이름이 아니었다. 그때 처음으로 내 이름이 불행을 부른다는 것을 깨달았다.

우리는 마담의 연노랑 면 원피스와 초록색 모직 재킷, 짙푸른 실크 블라우스를 깔고 덮은 채 잠이 들었다. 다음 날은 그것을 뜯어서 새로 만든 짙푸른 실크 스카프와 초록색 모직 스커트, 연노랑의 면 투피스를 깔고 뭉갰다. 마담은 내 몸 곳곳에 새겨진 립스틱 자국을 붉은 혀로 살살이 닦아주었다. 그러곤 혀를 흔들며 말했다.

"나는 원래 잘나가는 의상 디자이너였단다. 옷걸이마다 늘 새로운 옷을 걸어놓았어. 그것 이외에는 아무것도 생각하지 않았지. 어느 순간 옷을 벗고 거울 앞에 섰을 때는 나도 딱딱한 옷걸이가 되어 있었어. 늙고 깡마른 나는 이제 그만 누군가에게 걸쳐쉬고 싶어졌지. 그래서 어깨가 단단한 사내를 찾아 옷을 지어 입혔어. 하지만 여길 봐. 난 아직도 여기 걸려 있어. 이젠 돌이킬 수 없겠지. 내 이름도 잊게 될 거야. 그전에 너에게만 알려줄게."

마담이 나의 입술에 진한 키스를 남겼다.

"잘 들어. 내 이름은……"

세 글자 내지는 아무리 길어도 다섯 글자를 넘지 않을 마담의 이름을 나는 들을 수 없었다. 재난의 소리를 내며 문이 부서질 듯 흔들렸고, 나는 마담에 의해서 옷감이 수북이 걸려 있던 옷걸이 사이에 숨겨졌다. 마르고 왜소한 내 몸은 플라스틱 옷걸이 더미에 감쪽같이 어울렸다. 그곳에서 나는 구둣발의 남자가 마담을 연주하는 소리를 들었다.

"악! 악!"

그때 마담에게서 어머니가 보였다. 짧게는 이년, 길게는 아랫도리밖에 없는 마네킹 같은 년, 으로 불리는 마담의 이름을 나는 끝끝내 알 수 없었다. 마담의 붉은 입술이 어떤 형태로 일그

러지려 했는지 아무리 떠올리려 애써도 뒤통수만 강하게 아려
올 뿐이었다.

"그래서 어떻게 되었어?"

소녀는 다시 눈꺼풀을 무겁게 짓누르는 졸음과 싸우며 뒷이
야기를 재촉했다. 소녀는 지금이 아니면 영원히 이 이야기를 듣
지 못할 것처럼 채근하는 것이었다. 그런 소녀의 예감이 나는 두
려웠다.

이 비가 그치면 이 이야기를 다시는 입 밖에 내지 않을 것이
다. 나는 소녀의 뒷머리를 쓰다듬으며 다시금 눈을 감고 마담과
구둣발이 만들어내던 소리에 대해서 생각했다. 그 소란은 끝나
지 않을 것 같았지만, 깜빡 조는 사이에 이미 의상실 안은 고요
해져 있었다. 한참을 옷걸이가 되어 서 있는 사이, 조금이라도
움직이지 않으면 모든 관절이 뻣뻣한 나무토막으로 변할 것 같
아 두려웠다. 주춤하는 사이 왼쪽 무릎이 중심을 잃고 옷걸이와
함께 쓰러졌다. 딱딱한 옷걸이를 파헤치고 일어나니, 눈앞에는
허름하게 해어진 양복바지가 서 있었다. 꾀죄죄한 와이셔츠를
입은 검은 얼굴의 사내가 나를 내려다보고 있었다. 사내는 머리
카락이 아주 짧았는데 앞이마에서부터 왼쪽 귓불까지를 위태롭
게 가로지르는 금이 그어져 있었다. 그건 어릴 적 학교에서 그렸

던 통일 포스터 안의 삼팔선처럼 철장 모양으로 마구 부풀어 올라 있었고, 누구의 작품인지 알 수 없으나 객관적으로 매우 졸작이었다. 흰자위가 도드라지게 넓은 두 눈동자가 내게로 멈췄다. 갈퀴 같은 손이 내 목덜미를 쥐었다. 그러곤 나를 끌고 의상실 문턱을 넘었다.

그는 내 이름을 묻지 않았다. 사내의 집은 반지하도 아니었지만 소인국으로 들어가는 문처럼 아주 낮았다. 아주 낮은 문 안쪽으로는 퀴퀴한 냄새가 났다. 그것은 곰팡이가 퍼뜨리는 젖은 악취와는 조금 달랐다. 죽음의 냄새였다. 두 눈이 세월에 짓무른 노인이 뿜어내는 숨 냄새였다. 관 속의 시체처럼 반듯하게 누운 노인에게서는 이따금 픽픽 책 넘기는 소리가 났다. 예행하는 죽음 속에서 지난 시간을 속독하고 있는 듯했다.

사내는 제 머리통처럼 잔뜩 찌그러진 양은 냄비에 라면을 끓여와 바닥에 놓았다. 방바닥에 머리카락처럼 떨어져 있던 젓가락 한 짝과 노인의 머리칼을 휘감고 있던 젓가락 한 짝을 빼내어 내 앞으로 던졌다. 사내는 아무 일도 없던 듯 벽에 기대고 앉아 양말을 벗었다. 세상 모든 악취를 그러모은 듯한 끔찍한 발 냄새였지만 라면 냄새를 맡으니 허기가 치밀었다. 라면 면발은 뜨거운 물살과 함께 입안으로 꾸역꾸역 밀려들었다. 뱃속까지 멸치 떼처럼 힘차게 헤엄쳐 들어왔다. 사내는 내가 마지막 국물 한 입과 함께 비쩍 마른 건더기 스프 조각도 남기지 않고 입안으로 모두 밀어 넣을 때까지 말이 없었다.

흰 몸에 검은 점박이 무늬 고양이 한 마리가 유령처럼 창으로 들어왔다. 그 동물의 검은 두 눈과 코는 붓으로 찍어낸 점처럼 표정이 없었다. 제 보금자리로 돌아온 듯 방구석에 자리 잡고 앉아 나를 가만히 쳐다보았다. 내가 저와 동류라는 것을 직감했는지 집요한 시선을 보냈다. 그러곤 다리 한 짝을 길게 위로 뻗은 채 몸을 구부려 제 생식기를 핥다가 낡은 서랍장을 밟고 튀어 올라 다시 창밖으로 홀연히 사라졌다.

사내는 제가 벗어놓은 양말 곁에 몸을 구겨 누웠다. 그러곤 마치 잠시 머무르는 외로운 객처럼 선잠을 잤다. 나는 어둠이 내릴 때까지 구석에 웅크리고 앉아 빈 냄비 바닥을 내려다보고 있었다. 어둑한 방 안에 두 사람이 납작한 실루엣으로만 남았을 때, 오랫동안 방바닥과 벽지 속에 눌어붙어 있던 퀴퀴하고 고약한 냄새들이 방 안을 가득 메웠다. 고양이가 비껴 지나간 창 사이로 찬바람이 휘휘 숨을 불어넣었다. 어쩌면 잠든 사내의 콧숨인지도 몰랐다. 냄비 바닥에서 올라오는 뒤틀린 라면 국물 냄새가 코끝에서 가만히 머물렀다. 방 안의 뒤섞인 악취들은 비록 고약하지만 충분히 따뜻했다. 자장가처럼 일정하게 내 이름을 부르는 사내의 숨소리에 나는 어물어물 잠 속으로 가라앉았다.

깨어나자 사내와 사내의 양말이 없었다. 햇살이 구겨진 양은 냄비에 말라붙은 라면 국물을 적나라하게 내리쏘며 비웃어댔다. 그 소리가 따가워 머리가 울렸다. 두어 번 눈을 깜빡이며 주위를 둘러보니 노인이 등을 굽히고 앉아 있었다. 어깨 밑으로 쏟아지는 산발한 머리칼을 그러모으는 손길이 움직이는 것조차 버거운 듯이 떨리고 있었다. 기운 없이 흐트러진 흰 머리카락을 두 손으로 그러모아 쪽을 찌르려는 것 같았다. 나는 노인의 손가락 사이로 젓가락을 하나 꿰어주었다. 어젯밤 쪽쪽 빨아 라면 국물을 닦아낸 것이었다. 노인은 머리칼을 국수처럼 젓가락에 감아 머리 속으로 찔러 넣었다. 잠에서 간신히 벗어난 노인은 잠이 들었을 때와 별반 다를 게 없었다. 무엇보다 여전히 눈을 감은 채였다. 검버섯이 불어나 상한 음식처럼 눈꺼풀을 뒤덮었고, 눈꺼풀은 홍수가 지나간 양철 지붕처럼 무너져 눈동자가 있을 자리까지 침범했다.

노인은 다 지나간 잔재처럼 조용히 앉아 있을 뿐이었다. 노인은 내 이름을 묻지 않았다. 노인에게는 내가 보이지 않았고 나는 창틈으로 들어와 잠시 머물다가 떠나는 이름 없는 바람이었다. 나는 고양이가 되어 바닥에 몸을 웅크렸다. 그러곤 노인이 하는 양을 가만히 바라보았다. 노인은 낡은 궤짝 안에서 검은 비닐봉지 꾸러미를 꺼냈다. 작은 벌레가 잔뜩 담긴 듯 비닐 안쪽에서는 무언가 우글거렸다. 비닐을 찢고 뛰쳐나가고픈 묵직한 내용물들이 비닐의 매끄럽던 표면을 제 맘대로 늘여놓았다. 노인은 바닥에 봉지를 쏟아부었다. 나는 사방으로 기어나갈 벌레들이 두려워 꼬리를 세우고 있었다. 그러나 구석에 숨죽이고 앉아 있는 내게로 다가온 것은 풀풀 날리는 땅콩 껍질이었다.

그것들은 고소한 향을 악취 틈바구니에 끼워 넣으며 자신들의 존재를 뚜렷하게 나타냈다. 미미하게 퍼져오는 그 향에 취해 나는 노인에게 가까이 다가갔다. 오래 삶은 닭발 같은 노인의 손은 자그마한 땅콩 알맹이를 얻기 위해서 섬세하게 껍질을 벗겨냈다. 노인은 눈이 아니라 엄지와 검지에 박힌 지문으로 땅콩을 들여다보는 것 같았다. 이미 껍질이 완연히 벗겨진 누런 땅콩을 한참 만지작거리고 나서야 바닥에 내려놓는 수작업은, 보는 사람으로 하여금 하품을 자아냈다. 노인은 하품 소리에도 반응하지 않았다. 신중에 신중을 기하며 매우 위험한 일을 하는 것 같았다. 가끔 땅콩은 지문보다 뚜렷하게 굳은살이 돌출되어 사포같이 거칠어진 노인의 손안에서 매끈하게 튀어 올랐다. 방금 튀겨진 팝콘처럼 공기 중에 오른 땅콩은 방바닥에 아무렇게나 추락해 나뒹굴었지만 노인은 조금도 신경 쓰지 않았다.

오직 껍질을 까내어 그 알맹이를 바닥에 내려놓는 것까지만 자신의 임무라는 듯 흐트러지지 않는 태도로 작업에 임했다. 처음에는 그렇게 노인의 손을 이탈한 땅콩만을 주워 먹었다. 오도독 씹히는 질감과 고소한 맛이 향긋하게 어우러져 자꾸만 손이 갔다. 노인은 계속해서 비닐봉지 안의 땅콩을 비우고 나는 의무인 양 바닥 위의 땅콩 무덤을 비워나갔다. 어둠에 젖어 땅콩의 색감이 짙어질 때까지 우리의 작업은 계속되었다.

더 이상 입안에서 타액과 땅콩 맛을 구별할 수 없을 즈음, 두 작업은 동시에 끝이 났다. 비닐봉지 안에는 톱밥처럼 날리는 껍질만이 남았다. 나는 미처 소화되지 못한 땅콩 조각들이 위벽을 서걱서걱 긁는 느낌을 생생하게 받으면서 입맛을 다셨다. 노인은 바닥을 손바닥으로 쓸어 흩날린 껍질들을 주워 모았다. 그것들을 소중히 봉지 안에 담고는 어린아이 머리 잡아매주듯이 봉지 손잡이 부분을 말끔하게 묶어 매었다. 땅콩 봉지는 궤짝 안에서 나올 때보다 훨씬 가벼워진 몸으로 다시 궤짝에 들었다.

사내가 돌아왔다. 사내와 노인은 서로 깨어 있는 상태에서도 말이 없었다. 그러나 사내는 묵직한 비닐봉지를 노인의 코앞에 내려놓았다. 나는 그 내용물을 보지 않아도 비닐봉지 안에 가득한 것이 무엇인지 알 수 있었다. 사내는 어제보다 하루치 더 고약한 악취가 가득 배인 양말을 벗었다. 양말의 앞코를 붙잡아 당기자 방 안의 땅콩 냄새는 젖은 채로 썩어버린 걸레 같은 사내의 악취에 눌려 가라앉았다.

나는 양은 냄비를 들고 나갔다. 휴대용 가스버너와 식기류 몇 가지를 수도꼭지 곁에 놓아 간이부엌으로 사용하고 있는 곳에서 하나 남은 삼양라면을 찾아 봉지를 뜯었다. 방바닥으로 가져갈 때까지 라면은 내내 뜨겁게 끓고 있었다.

화상인 양 동그랗게 탄 자국이 남은 장판 위에 알맞게 냄비를 내려놓았다. 방금까지 환상을 본 것처럼 노인은 어젯밤 모습 그대로 흐트러짐 없이 잠자리에 들어 있었다. 고르게 내쉬는 숨소리가 고란내 사이로 간간이 들려왔다. 나는 노인의 기운 없는 머리칼 사이에서 젓가락을 빼내었다. 재가 되어 바스러질 것 같은 그녀의 잿빛 머리칼이 드러눕듯 풀리며 흩어졌다. 나는 나머지 젓가락 하나를 찾아 짝을 맞춰 사내에게 내밀었다. 사내는 묵묵히 젓가락을 받아 쥐고 면을 입안으로 빨아 넣기 시작했다. 매콤하게 풍겨오는 진한 라면 국물 향에 절로 군침이 배어나왔다. 그러나 나는 혓바닥에 남은 땅콩 부스러기와 함께 껄끄러운 침을 목 뒤로 넘기곤 잠을 청했다. 사내가 냄비를 한 번 들었다가 내려놓는 소리가 들려왔다. 눈 감은 어둠 사이로 실바람처럼 가느다란 담배 연기가 길게 이어졌다. 사내는 입술을 열어 희뿌연 연기를 섞어 말했다.

"너, 이름이 뭐냐."

사내의 목소리는 모닥불 타는 소리를 닮았다. 그의 목소리가
두툼한 담요처럼 귓가를 덮는 바람에 슬쩍 잠에 빠질 뻔했다.
나는 눈을 감은 채로 잠꼬대처럼 내 이름을 웅얼거렸다. 그는 말
이 없었다. 훅, 내 이름을 닮은 텁텁한 숨을 피워낼 뿐이었다. 실
눈을 뜨고 바라보니 그는 벽에 기대어 앉아 느릿하게 고개를 끄
덕이고 있었다.

"그래."

바닥에 얼룩진 그의 실루엣이 말했다. 그래. 사내의 목소리는
덤덤하고 평온했다.

"내 아버지는 이야기를 팔고 다녔지."

그의 기억이 좁다란 방 안으로 꾸역꾸역 밀려들었다.

"나는 아버지가 사기꾼이라는 것을 알고 있었어. 아버지의 목
소리에 몰려든 사람들은 뒤집힌 낡은 벙거지 안으로 동전 몇 닢,
또는 종이 지폐를 드물게 던져주었지. 박수를 쳐주는 사람도 더
러 있었어. 나는 마치 홀로 구경 나온 아이처럼 늘 사람들 틈에
섞여 아버지를 보았다. 돌멩이를 주워 바닥에 금을 긋거나 지나
가는 여자들의 발목을 보며 시간을 죽였지. 기분과 날씨, 상황에
따라 조금씩 결말을 달리하며 가끔은 세월도 뛰어넘는 아버지

의 이야기를 듣다 보면 모든 인생은 다 비슷한 궤도를 그린다는 걸 알게 된다. 아버지는 말했지.

'세상 어떤 사람도 끝은 같다. 누구든 똑같은 이야기로 끝나게 되어 있어. 그러니 누구도 부러워할 필요가 없지.'

아버지의 이야기를 한 귀로 빨아들이고 결국 다른 한 귀로 흘리는 그들이, 아버지의 벙거지 모자에 돈을 던져주는 이유를 나는 알 수 없었어. 그들은 속는 거야. 결국은 희망 비슷한 것, 미천한 것에 한순간 속아 돈을 내어주고 마는 것이지. 그러나 그런 여러 갈래의 이야기를 모두 쏟아내고 나자 아버지는 어느 날 사라졌다. 낡은 벙거지 하나조차 남기지 않고 말이야. 어머니는 그때부터 계속해서 껍질을 까냈지. 끝없이 뜯어내고 벗겨냈어. 그러다 보면 진실한 알맹이가 그 안에서 튀어나올 것처럼. 새로운 결말이 시작될 것처럼."

사내는 양은 냄비 안에 담배꽁초를 비벼 껐다.

"나는 오늘 사기꾼을 죽였다."

과거를 비춰주던 가로등이 꺼지고 나니 현실만이 새까맣게 남았다. 사내는 아득히 먼 곳에서 속삭이듯 잠 속에 빠지며 내게 말했다.

"내 아버지는 원래 사기꾼이지. 내가 찔러 죽인 것이 내 아버지였는지 다른 누구였는지, 아무도 아닌지는…… 난 영영 알 수 없겠지."

　사내는 이내 숨 쉬는 것밖에 하지 않았다. 나는 사내가 바로 나라는 것을 알았다. 내가 사내의 과거인 것일까. 아니 어쩌면, 사내와 나는 아무도 아닐지도 모른다. 어둠은 암막 커튼처럼 사내와 나 사이를 단단하게 차단했다. 나는 사내에게 내 이름을 알려준 것을 잠시나마 후회했지만, 그는 굳이 내가 입을 열지 않아도 늦은 밤 골목에서 전봇대에 대고 휘파람 불듯이 몇 번이고 나를 불렀으리란 생각이 들었다.

　내 아버지가 연주한다던 악기의 이름이 무엇이었는지, 사실은 저 스스로가 악기였는지 헷갈리기 시작했다. 아버지가 붉고 수줍은 꽃잎 같은 자신의 목젖을 입안에서부터 길게 끄집어내어 현악기처럼 퉁기는 것을 상상했다. 그 소리는 가난한 노숙자의 밭은기침 소리 같기도 하고 주머니 속에서 짜륵짜륵 저희끼리 몸을 부딪치는 동전 소리 같기도 할 것이다. 어쩐 일인지 어머니에 대한 생각이 물을 듬뿍 먹은 물감의 수채화처럼 흐려지고 있었다.

　그러고 보면 어머니는 하루에도 수십 번씩 나의 이름을 불렀지만 나는 단 한 번도 어머니의 이름을 불러본 적이 없었다. 어머니에게도 이름이 있었던가. 어머니는 집 안의 냉장고이거나 선

풍기이거나 식칼이거나 양파망처럼 그 자체로 고유명사였다.

그렇다면 아버지의 이름은 무엇이었나. 나는 성을 제외하고는 분명 두 글자로 조합되었을 아버지의 이름을 기억하기 위해 애썼다. 수없이 많은 모음과 자음의 합작에 받침을 넣었다가 뺐었다가 앞뒤를 바꾸었다가 모두 지웠다가 하며 머릿속에서 수없이 많은 이름을 조립해냈다. 어쩌면 눈앞의 사내나 송장처럼 누운 노인의 것일지도 모르는 이름을 차례차례 속으로 호명하다가 지쳐 잠들었다.

꿈결에 누군가 흐느끼는 소리를 들은 것 같았다. 나는 부디 그것이 발정기를 맞은 고양이의 울음이거나 창문에 부딪히는 바람의 흐느낌이기를 바랐다.

아침은 거짓 없이 찾아왔다. 햇살은 매일 그랬듯이 비좁은 어느 틈바구니라도 찾아가 샅샅이 들춰보고 비추어낼 것이다. 노인은 미동이 없었다. 곰팡이가 하얗게 핀 요강과 궤짝, 베개 같은 것 사이에서 노인을 구별해낼 수 없을 것 같았다.

사내는 사라졌다. 발목을 덮는 사내의 짙은 쥐색 양말마저 떠났다. 밖이 소란스러웠다. 그러나 세상의 소리는 오래전에 차단해버린 듯 노인의 감은 눈은 무심했다. 신발을 꿰어 신고 밖으로 나서자 도로 한 귀퉁이에 사람들이 모여 있는 것이 보였다. 떨어진 사탕 조각에 달라붙은 개미들마냥 무언가를 에워싸고 있었다. 제한 속도보다 훨씬 빠르게 달리는 트럭 또는 승용차가 눈앞에서 그 장면을 잘라내며 지나갔다. 필름 영화처럼 간간이 끊기는 장면 안에서 사람들은 저마다 자신들의 몸집과 호기심으로 서로를 겹겹이 에워쌌다. 흰 구급차가 도착했다. 나는 도로를 가로지르며 달려갔다.

사내가 있었다. 간이침대 위에 오른 사내의 몸은 왜인지 난쟁이처럼 작아 보여서 한순간 그가 내가 알던 그 사내가 아닐지도 모른다는 생각이 들었다. 사내는 구급차 안에 실렸고, 구급차가 떠나자 언제 모였냐는 듯 흩어지는 사람들 사이에 나 홀로 멈춰 서 있다. 도로 위에는 검붉게 번진 아스팔트와 그의 구두 한 짝, 일회용 라이터, 담뱃갑이 널브러져 있었다. 나는 담뱃갑을 주웠다. 한 개비의 담배도 남아 있지 않았다. 마치 담배 연기가 되어 모두 날아가고 남은 허물 같았다.

일회용 가스라이터를 주웠다. 손에 쥐고 부싯돌을 당겼다. 푸르스름한 불꽃이 조그맣게 살랑거렸다. 그러나 불꽃은 이내 바람결에 지워졌다. 그길로 다시 사내의 집까지 뛰어갔다. 말간 햇살이 비추는 볼록한 이불을 들춰냈다. 이불 위에는 봉분처럼 땅콩 껍질이 수북이 쌓여 있었다.

노인은 어디에도 없었다. 햇살에 바짝 말라버린 노인의 몸이 부스스 흩어진 것처럼 냄비 안에도 베개 위에도 땅콩 껍질이 가득했다. 공기 중에서 천천히 좌우로 바람을 휘저으며 떨어져 내리는 땅콩 껍질은 먼지 같았다.

나는 뒷걸음질 쳐 그 집을 나왔다. 얼마나 걸었을까. 꽉 쥐고 있던 주먹을 펴보았다. 땀과 열기에 축축하게 젖은 손바닥 위에는 일회용 라이터의 부싯돌에 닿아 살짝 물집이 오른 자국이 남았다. 손바닥이 타는 듯 뜨겁고 간지러웠다. 액체 부탄이 흐르는 것이 훤히 들여다보이는 반투명한 플라스틱 라이터 표면에는 전화번호가 적혀 있었다.

여기까지 이야기했을 때, 소녀는 완전히 잠에 빠져들었다. 어떤 꿈속을 헤매는 걸까. 소녀는 결코 평온한 얼굴이 아니었다. 하지만 나는 이야기를 계속 이어갈 것이다. 이 이야기는 곧 막바지에 접어든다. 라이터 겉면에 인쇄된 전화번호가 나를 소녀에게로 이끌었기 때문이다.

그 라이터는 어디에서든 소녀를 부를 수 있는 마법의 램프 같은 것이었다. 그 라이터는 어디에든 버려지고 누구든 주워 든다. 그리고 담뱃불을 지피는 사람 누구라도 쉽게 소녀를 찾을 수 있었다. 소녀의 램프는 주인이 여럿이었기에 너무 헐었고 초라했다. 구불구불한 줄을 목에 감은 채 사용된 후에는 아무렇게나 던져지는 관공서의 모나미 볼펜과 같았다.

나는 전화를 걸었다. 소녀는 스카프를 감은 채 봉고차 바깥으로 튕겨 나왔다. 작은 사우나와 여관을 함께 운영하는 낡은 건물 옆 편의점에서 눈이 마주쳤다. 소녀는 스카프를 만지작거리며 주위를 두리번거렸다. 그러곤 유난히 색이 엷은 홍채를 깜빡이며 코앞에 다가와 물었다.

"너니?"

턱밑의 푸르스름한 멍 자국은 잘못 찍힌 물감 같았다. 한지를 덧발라 둔 듯 창백한 얼굴 위로 엉성하게 채색된 물감 자국을 스카프로 가리며 소녀는 여관 쪽으로 고갯짓을 했다. 우리는 이름도 없이 '여관'이라고 붉게 칠해진 건물로 몸을 숨겼다. 소녀는 습기로 축축한 이불 위에 스카프를 던져놓았다.

"지니. 지니라고 불러."

나는 소녀에게 물었다.

"그게 너의 이름이니?"

허물처럼 스타킹을 바닥에 벗어놓던 소녀가 내 얼굴을 물끄러미 보았다.

"원하는 게 뭐야?"

소녀의 목소리가 냉골 바닥보다 더 차갑게 가라앉았다.

"나도 잊어버리고 사는 내 이름을 알아서 뭐해? 왜? 나이도

휘

알고 싶어?"

나는 고개를 저었다.

"당신 경찰이야? 민증 필요해?"

나는 고개를 저었다. 소녀는 복사뼈를 깨물려서 피를 흘리는 것 말고는 아무것도 할 수 없는 어린 짐승처럼 나를 노려보았다. 내 얼굴 곳곳을 살피느라 흔들리는 눈동자는 더더욱 흐리게 빛을 잃었다. 나는 그때, 이 소녀에게 내 이름을 알려주고 싶지 않다고 생각했다.

새하얀 허벅지와 종아리는 체온으로 오래 주물러 말랑거리게 만들어둔 지점토 공예 같았지만, 색칠은 형편없었다. 붉게 할퀴고 푸르게 찍어낸 점들이 지워지지 않은 채 남아 있었다. 무릎께에 짙은 음영이 져 있다. 깊고 얕은 상처 자국들이 저마다의 이야기를 담고 있었지만 소녀는 침묵했다. 소녀는 절대로 입술만은 열지 않겠다는 태도로 다리를 벌렸다. 우리가 만들어낼 수 있는 소리는 온통 축축하고 둔탁한 마찰음뿐이었다. 그 소리는 아름답지도 야릇하지도 못했다. 단지 꼭 해야만 하는 일이었다. 소녀는 팔을 뻗어 내 목덜미를 리코더처럼 짚고 눌렀다. 손톱이 깊게 살을 파고들자 머릿속이 징 울렸다.

"난 사실 교향곡을 리코더로 완주할 수 있어. 제목은 몰라. 잊었거든."

그러곤 입술 안쪽으로 흥얼거렸다.

"음악 시간에 마지막으로 배운 곡이야."

실기 시험을 위해 연습한 그 곡은, 결국 아이들 앞에서 연주할 수 없었다. 이른 새벽 이삿짐도 없이 세 가족이 몸만 빠져나와 트럭을 타고 몇 시간 동안 도로를 달릴 때, 소녀는 창가에 머리를 기대고 그 곡을 흥얼거렸다. 처음 일을 할 때도 소녀는 마음속에서 그 곡을 흥얼거렸다.

액취가 심했던 첫 남자에 대해서는 그 고약하고 시큼털털한 겨드랑이뿐이 기억나는 것이 없다고 했다. 나는 그녀의 이야기 도중에 그 노래의 제목을 알고 있다고 말했지만 소녀는 품 안에서 고개를 저었다.

"알고 싶지 않아."

가슴팍에서 흔들리는 머리칼이 간지러웠다. 곧이어 소녀는 스타킹 이야기를 꺼냈다. 소녀의 이야기는 두서가 없었다. 소녀는 제가 신었던 까만 스타킹으로 자신의 목을 죄어달라던 남자 이야기를 했다.

"처음엔 손이 덜덜 떨렸지. 이러다가 이 사람 죽으면, 나는 어떡하지? 도망가면 되나? 어디로? 도망가다가 잡히면 죄질이 달라지는 게 아닐까? 그렇다면 내 죄질은 뭐지? 관계 도중에 스타킹으로 목을 조여달라고 했다는 말을 경찰이 믿을까? 그러다가 얼굴이 새빨갛게 달아오른 그 얼굴을 보자 점점 우스워졌어. 손톱으로 톡 찌르면 팡 하고 터질 것 같았어. 스타킹을 꽉 쥐고 잡아당기면서 남자의 홍시 같은 얼굴 구멍마다 즙을 짜냈지. 눈에서도, 콧구멍에서도, 벌린 입에서도 침이 줄줄 흘렀어. 그게 어찌나 우습던지. 그 뒤로도 이상한 주문이 많았지만 모두 꿈이라고 생각하기로 했어. 이름도 모를 누군가의 뜨거운 살덩이가 비집고 들어올 때마다 늘 이것저것 상상했어. 추억하기도 하고 새로 만들어내기도 했지. 그러다 보니 어떤 것이 꿈이었는지 구별할 수 없게 되었어. 오늘과 어제를 구분할 길이 없었지. 처음엔 그것이 무척 두렵고 불안했기 때문에 매일 색이 다른 스타킹을 신었어. 검은색 스타킹으로 시작해서 파란색 스타킹으로 끝이 나는 일주일이었지. 그런데 시간을 일주일로 구분하는 것이 내겐 아무 의미가 없게 되어버렸어. 화요일 날 상상에 빠져 있다가 정신을 차리고 보면 목요일이었고, 장발의 사내를 위로하던 중에 고개를 들어보면 민머리의 중년이 되어 있었어. 그럴 땐 어떤 색의 스타킹을 꿰어 신어야 하지? 그런 고민이 우스워져서 그만두었어. 결국엔 어떤 색도 똑같다는 걸 알게 된 거야."

그날도 소녀는 잠이 들었다. 다음 날 눈을 떴을 때, 소녀는 스타킹을 손에 꿰어보며 발바닥과 발등 부분을 구분하고 있었다. 양쪽 모두 닳아 번들번들해져 있었다. 어떻게 양쪽을 구분하는 것인지 나는 알 수 없었다. 여관 밖에선 찬바람이 불어 간밤의 시큼한 향내를 쓸고 지나갔다.

"너 내가 데려가줄게."

나는 소녀의 손을 잡았다. 매우 시리고 건조한 손바닥이었다.

아직도 소녀는 일어날 기미가 없다. 품 따뜻한 어머니의 전래 동화라도 듣는 양, 두 눈꺼풀이 무방비하게 덮여 있다. 비가 그쳤다. 오래 울어 기운 빠진 아이처럼 축축한 바람이 창을 가볍게 밀친다. 소녀는 그때에도 지금처럼 하나뿐인 스카프를 옷걸이에 걸어두었다. 뼈대가 앙상한 옷걸이는 스카프 하나 걸쳐두는 것도 버거워 보였다.

"그날 아침, 엄마가 가장 아끼던 스카프를 내게 매주었어. 감기 조심해라. 그렇게 말했지. 그날 나는 몇 번이나 뒤돌아서 엄마를 바라봤어. 눈이 마주칠 때마다 엄마는 손을 흔들어주었지. 마치 언제 돌아봐도 늘 그렇게 서 있겠다고 말하는 것 같았어. 하지만 새 학교에서 수업을 마치고 집에 돌아왔을 때, 엄마와 함께 옷장의 스카프는 전부 사라져 있었어. 결국 내게 남은 것은 이것뿐이야. 억울하단 생각은 들지 않아. 엄마가 가장 아끼던 스카프는 남았으니까."

나는 소녀의 이야기를 건성으로 들으며 주위를 둘러보고 있었다. 하루 평균 아홉 명의 남자에게 스타킹을 벗어주지만 소녀의 찬장에는 컵라면 두 개가 전부였다. 소녀는 주둥이가 좁은 주전자에 물을 끓였다. 그리고 우리는 컵라면 하나에 물을 부어 함께 나눠 먹었다. 그리고 곧이어 하나 남은 컵라면까지 나눠 먹고 나서 우리는 잠을 잤다.

몸이 섞인다는 기분은 들지 않았다. 싸늘한 장판의 습기와 몸에서 배어나오는 뜨거운 땀이 서로의 몸을 자꾸만 미끄러뜨려 분리시켰다. 절정에 다다랐을 때, 소녀는 그동안 숨겨온 것을 참을 수 없다는 듯이 내 아버지의 이름을 외쳤다.

"악!"

잊고 있던 어머니의 목소리가 떠올랐다.

좁은 방 어딘가에 어머니가 숨어 있을 거라는 확신이 등골을 타고 올라왔다. 나는 일어서서 맨몸으로 방을 구석구석 뒤졌다. 소녀는 당황하지 않고 그림자처럼 따라왔다.

나는 싱크대 가장 밑 서랍 칸에서 그들을 발견했다. 탁한 빛의 구리 그릇처럼 위장한 그들이 가만히 서로 몸을 포개고 있었다. 소녀는 내 옆구리 사이로 머리를 들이밀고 속삭였다.

"이건 지니야. 서로 부딪혀서 소리를 내는 악기지. 내가 유일하게 사랑했던 남자의 유품이야. 난 지니라는 이름을 붙였지만 원래 어떻게 불리던 것인지는 알고 싶지도 않아. 지니는 그냥 이렇게 여기에 있으면 되는 거야."

나는 그들을 마주친 것만으로 알 수 있었다. 내 기억 속에서 끊임없이 형태를 달리하며 무수히 많은 소리를 내던 심벌즈는 이런 모습이었다. 그건 누가 알려주지 않아도 알게 되는 세상의 많은 진실 중 하나였다.

그날 밤 소녀는 누군지도 모르는 사람들의 이름을 여러 폭의 감정으로 내질렀다. 그녀는 내 손이 닿는 대로 연주되는 하나의 악기 같았다. 봄처럼 유유하게, 소낙비처럼 웅장하고 빠르게, 소녀는 입을 동그랗게 벌려 노래해주었다. 우리의 합주는 한겨울 고드름처럼 우리의 알몸이 딱딱하게 굳을 때까지 계속되었다. 땀이 말라붙은 내 푸석푸석한 머리칼을 쓸어주며 소녀가 속삭였다.

"난 너의 이름을 알아."

둥글게 부풀어오는 소녀의 아랫배는 이따금씩 터질 듯 커지다가 수그러들기를 반복했다. 나는 잠든 그녀의 살가죽 위로 귀를 기울였다. 가득 들어찬 미지근한 물속에서 작은 기포들이 톡 톡 터지는 소리가 울려온다. 잠든 그녀가 숨을 들이쉴 때마다 뱃속에서 누군가 내 이름을 부르는 소리가 들려온다. 휘, 네 이름에선 휘파람 소리가 나.

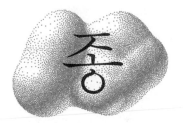

누구든 누이를 쳤다. 뒤에서 혹은 앞에서 그녀를 칠 때마다 내 방 벽에 짓눌린 누이의 입술에서는 깨질 것 같은 울림이 흘러나왔다. 나는 그 소리가 벽을 타고 넘어올 때마다 기도하듯 고갤 숙이고 눈을 감았다. 누이가 싫었다. 그녀의 천함이 더럽고 더러워서 더럽게 싫고, 싫고 싫어서 종국에는 내가 그녀를 치지 않게 되길 간절히 빌었다.

아버지는 수시로 그녀를 쳤다. 아버지의 발소리를 들으면 지레 겁먹은 공벌레처럼 누이는 구석에 몸을 동그랗게 구부리고 잠든 척을 했다. 아버지는 발로 그 얄팍한 등을 툭툭 치다가 본격적으로 그녀를 울리기 시작했다. 누구든 그녀를 쳤지만 나는 특히 아버지가 그녀를 칠 때마다 눈을 질끈 감았다. 있을 거라고 믿지 않는 흔하디흔한 신에게 빌었다. 제발, 제발 내가 누이를 치지 않게 도와주세요. 뒤얽힌 X의 방정식을 풀 때마다 벽마다 울리는 그 소리가 부끄러워 귀를 막았다. 제발, 제발 누이를 데려가주세요. 나는 상상 속에서 그녀에게 수백 번도 더 돌팔매질을 했다. 누이는 아버지에게 눌린 채 치이고 치여 쳐, 쳐쳐쳐, 길게 울었다. 그러면 화답하듯 먼 성당에서 종소리가 들려왔다. 복잡하게 얽힌 숫자 위에 동그랗게 물기가 번지고 그것이 꾸둑꾸둑하게 말라 숫자들을 구불구불하게 왜곡할 때쯤 아버지는 화장실 문을 열고 들어갔다.

"오빠."

마스크 안쪽에서 뭉개진 발음이 울려왔다. 누이는 어색하게 웃으며 오빠, 또 한 번 불렀다. 그럴 때마다 나는 그녀가 부르는 사람이 누구인지 궁금했다. 누이는 나보다 어리지 않았다. 그녀는 내가 모르며 앞으로도 몰라도 될 많은 것을 알고 있었다. 그녀가 쟁반 위에 차려온 식사를 내 쪽으로 조금 더 밀며 그 옆에 조심스레 엉덩이를 붙이고 앉았다. 나는 책 위의 글자들에서 한 번도 눈을 돌리지 않았지만 소리만으로도 누이의 행동을 빤히 볼 수 있었다. 누이는 누구의 말도 잘 듣듯이 내 말을 아주 잘 들었다. 내 방문을 여는 순간부터는 꼭 새하얀 마스크를 착용하고 있었다. 나는 그녀의 입김과 함께 새어나올 병균과 그보다 더 끔찍한 절망의 기운이 두려웠다. 그녀는 저주받았고 나는 그녀를 저주했다. 누이는 그런 살기를 뒤통수로 느꼈을 텐데도 식사를 내어오는 시간이 되면 어김없이 엉덩이를 대고 앉으며 바라지 않는 방문을 했다. 대꾸하지 않아도 누이는 홀로 대화를 했다. 그럴 때마다 나는 먼지처럼 그녀의 목소리가 켜켜이 쌓인 밥공기를 쳐다보기도 싫어졌다. 누이는 그걸 알았다. 누이는 모든 것을 알았다. 그럼에도 두 다리를 구부려 팔로 옭아매고 앉아 나를 빤히 바라보았다. 제발 내가 수치를 모르는 두 눈알을 샤프펜슬로 찔러 터뜨리지 않게 해주세요.

"오빠, 오빠는 아무것도 몰라."

제발 내가 수치를 모르는 저 입술과 혀와 목젖을 쥐어 터뜨리지 않도록 해주세요.

"우리에겐 어머니가 있어. 난 어머니를 알고 있어."

누이는 뱀처럼 혀를 놀렸다. 나는 꼬임에 넘어가지 않기 위해서 숨을 참았다. 가끔 누이는 잊을 만하면 내가 꾐에 들지도 모를 주제를 가지고 찾아와 속삭였다. 끈덕진 유혹으로 내 목덜미를 간질이듯 핥아댔다.

"어머니는 말이야, 골목길 위쪽에서 날 기다리고 계셨어. 내가 찾아올 줄 아셨던 거야."

누이는 방자하게 내 쪽으로 몸을 끌어오며 슬그머니 귀에 건 마스크를 빼어내며 말을 잇다가 내 살기 가득한 눈초리에 다시 마스크를 귀에 걸었다.

"미안해. 잘 안 들릴까 봐… 아무튼 어머니는 말이야, 나를 매우 상냥한 눈으로 내려다보며 고운 손바닥을 내밀었어. 그래, 오빠. 어머니는 매우 손이 고왔던 거야! 얼굴도 고왔지. 어머니는 나처럼 키가 크고 오빠처럼 눈매가 진했지. 사실 말이야……"

누이는 어느새 내 얼굴 옆으로 다가와 있었다. 누이의 마스크에서 불결한 악취가 났다.

"나는…… 어제도 어머니를 만나고 왔어."

아버지의 코 고는 소리가 벽을 넘어오자 누이는 흠칫 어깨를 떨었다. 그러곤 뒤로 엉덩이를 빼며 내게서 멀어졌다. 나는 꽉 다문 어금니부터 전해져오는 두통에 진절머리가 났다. 누이는 늘 두통을 유발했다.

누이는 정녕 모르는 것인가. 어머니가 없기에 나는 하루하루가 주는 모든 수모를 참고 견딜 수 있었다. 누이와 내가 한배에서 같은 피를 훔치고, 같은 숨으로, 같은 운명을 타고났다는 증거가 없다는 것에 늘 감사해왔다. 누이의 몸뚱이에는 여기저기 사내들이 남긴 잇자국이 붉게 피어 있었다. 어쩌면 그것은 잇자국이 아닌지도 모른다.

'오염된 거야.'

그 생각에 번개처럼 소름이 끼쳤다. 누이의 더러운 몸뚱이를 점령한 병은 대체 무엇일까. 그것을 상상하는 것만으로도 나는 악몽을 꾸곤 했다. 눈에 보이지 않는 누이의 혈관과 뼈, 세포들 사이에 자잘하게 서로 다른 문양의 세포들이 끼어든다. 그건 몇 년 전 내 수학 과외를 하다가 곁눈질로 누이를 훔쳐보던 대학생과 아버지의 오랜 친구라는 목공사, 먼 친척뻘이 된다는 덤프트럭 운전수, 매일 아침 누이를 보던 신문 배달부, 정육점의 새까만 사내, 피자집에서 배달오던 탈색 머리의 청년, 그리고 내 귀에 앓는 신음으로만 남아 있다가 가는 수많은 수컷 짐승의 것이다. 누이의 몸 안에는 그 모든 이가 뿌리고 간 끈덕진 병균이 득시글댈 것이다. 그것들은 번식하고 진화해 누이의 피부에 붉은 표식을 남긴다. 나는 누이가 스스로 자퇴했다는 말을 믿지 않는다. 학교의 수많은 눈은 이미 그녀의 오염을 눈치채고 말았을 것이다. 교복을 버린 뒤, 누이는 한동안 누수된 수도꼭지처럼 조용히 눈물을 흘려댔지만 이내 그쳤다.

그건 바로 그녀가 모두의 종이 되었기 때문이다. 누이는 아무 때나 잘 울리는 종이 되었다. 나는 그 울림이 누군가 아프거나 슬프거나 가족이 죽었을 때의 소리와 확연히 다르다는 것을 깨달았다. 그래서 나는 누이를 더 경멸할 수 있었다. 누이와 손가락 하나라도 접촉하는 순간, 나는 오염되고 말리라. 바닥에 떨어진 누이의 긴 머리칼이 가느다란 지네처럼 내게 기어올 것 같았다. 집안 곳곳에 숨어 나를 도사리고 있을 그 머리칼이 두려워 나는 되도록 방 밖으로 나가지 않았다. 청소는 당연히 누이의 몫이었다. 가사와 심부름도 모두 누이가 할 일인 것이 당연했다.
누이는 집안의 유일한 계집이고 그러므로 우리의 종이었다.

"계집은 요물이야."
아버지는 속삭였다.

"우리를 유혹하기 위한 가느다란 목소리나 긴 머리칼을 봐라.
두부처럼 부드럽고 조기 살점처럼 뽀얀 젖가슴은 어떻고. 그들
이 허연 속살을 벌려 보이며 군침을 유도하는 이유는 단 하나야.
저희 몸뚱이에 우리가 홀려버리면 그 뒤엔 우릴 제 맘대로 부리
기 위해서지. 눈을 현혹하는 살덩어리와 웃음을 빌미로 우리에
게 기생해서 살아가려는 거야. 흙탕물 한번 안 디디고 어깨 위에
업혀서 알맹이만 날름 핥아 먹겠다는 심산이지. 하지만, 얘야. 그
렇게 된다면 우리는 얼마나 가여운 족속이냐. 그렇기 때문에 속
으면 안 되는 거다."
아버지는 몇 번이고 속삭였다.

"속으면 안 되는 거야. 속으면 안 돼. 우리가 먼저 그 속셈을 알
아챘으니 그걸 역이용하는 수밖에 없어. 계집들이란 젖가슴이
튀어나오고 거웃이 새까맣게 돋을 때부터 머리를 기르거나 입
술을 색칠하고 싶어 하지. 그건 요물로 태어난 천성이고 그들의
속셈을 들여다볼 수 있는 증거가 된단다. 짓누르고 짓눌러서 바

닥만 바라보게 만들어야 해. 부리고 부려서 쓸데없는 생각은 조금도 할 수 없게 만들어야 한다. 그게 우리가 안전하게 살 수 있는 길이다. 잊지 말아라."

그것은 내 기억 속에 서슬 퍼런 아버지의 눈빛과 알코올 향으로 각인되었다. 그때 누이는 어머니의 것으로 추정되는 머리빗을 품에 안고 울다 지쳐 까무룩 잠들어 있었다. 우리는 아버지의 것일 리 없는 집 안 곳곳의 흔적을 단서로 어머니의 모습과 목소리, 냄새를 추적하며 자랐다. 그러나 그런 것은 아무 의미 없는 행동이었다. 어머니의 것일 서랍 아래 혹은 현관 구석의 물건들은 모두 낡고 더러웠다. 나는 꿈속에서 지네처럼 팔다리가 수십 개로 돋아난 어머니라는 짐승에게 밤새 쫓긴 이후로는 어머니의 물건들은 거들떠보지도 않았다. 행여 다시 돌아올까 두려웠다. 다행히 어머니는 오지 않았지만 누이는 어머니의 물건들을 부둥켜안고 놓질 않았다. 그러다 점점 그 물건들을 사용하게 되었고 누이에겐 꼭 필요한 것들이 되었다.

나는 깨달았다. 누이가 어머니의 역할을 할 때가 온 것이다. 누이는 밤마다 아버지와 함께 잠을 잤고 나는 내 방에서 밤새 책을 읽었다. 잘못된 것은 없다. 누이가 못된 것이다. 누이라는 계집이 못된 것이다. 누이를 욕할 때마다 나는 평온을 되찾았다. 그리고 이제는, 천한 누이의 속성을 감시하고 저주하지 않고서는 하루도 견딜 수 없게 되었다. 누이가 어디서 무얼 하는지 나는 알 권리가 있다.

누이가 걷는다. 아스팔트 위로 꼬리처럼 긴 그림자를 거느리고 걸어간다. 시장 안은 붐볐다. 누구도 누이를 신경 쓰지 않는 것 같지만, 누이가 지나간 길 위에는 멸시 섞인 눈초리가 이리저리 얽힌다. 양손 가득 장거리를 들고 걷는 그녀의 뒷모습이 천천히 작아질 즈음 나는 멈췄던 걸음을 옮긴다. 뒤통수에서 한데 묶인 채 걸음걸음마다 새까맣게 출렁이는 긴 머리칼이 점점 가까워질수록 문제집 두어 권이 든 책가방이 점점 무겁게 느껴진다. 누이는 뒤돌아보지 않는다. 고개를 돌린 누이와 눈이 마주친다면 나는 나도 모르는 새에 그녀를 쳐버리고 말 것이다. 마스크로 눈 밑을 가리지 않은 누이의 맨 얼굴을 마주 본 것이 벌써 몇 달이나 되었다. 누이는 시장을 벗어났다. 세발자전거를 탄 아이가 누이 곁을 스쳐 지나간다. 누이는 골목길로 접어든다. 나는 드문드문 뻗어 있는 전봇대나 문 열린 타인의 현관에 숨어 자취를 밟는다. 누이가 멈춰 섰다. 누이는 줄타기하듯 담벼락에 멈춰 선 고양이를 올려다보고 있다. 상한 고등어 비늘처럼 검푸른 빛깔의 털이 섬뜩하다. 고양이는 꼬리를 세우고 자세를 낮춘다. 누이는 봉지 안에서 반질반질한 자두 한 알을 꺼내어 담벼락에 올려놓는다. 고양이는 미동도 하지 않는다. 자두는 한 광주리에 육천 원을 주고 샀다. 그 돈은 누이의 주머니에서 나왔고 그 전에는 다른 사내의 주머니에 들어 있었다. 누이의 치마를 들추어내고 제 지퍼를 끄를 때 떨어져 나왔거나 누이의 두 젖가슴 위에 던져주었을 것이다. 그것은 사실 만 원, 혹은 이만 원이었을지도 모른다. 어찌 되었건 사내는 제 즐거움에 합당한 가격을 쳐주었을 것이고 누이는 그것을 받았다.

고양이는 예로부터 영물이라 했다. 누이가 건네는 열매는 먹지 않는 것이 당연하다. 고양이는 결국 담벼락 저편으로 뛰어내려 자취를 감춘다. 붉은 자두 한 알이 그대로 남아 있다. 누이는 그것을 혼자 한참 바라보고 있다. 나는 그런 누이의 뒷모습을 노려보고 있다. 누이는 자두를 그대로 둔 채 다시 걷는다.

종소리가 들려온다. 누이가 걸음을 멈춘다. 나도 걸음을 멈추었다. 집에서는 아득히 멀게 느껴지던 성당 종소리가 귓가에 크게 울린다. 누이가 걸음을 재촉한다. 누이가 성당 안으로 들어서는 것을 보았다. 직감적으로 그곳에서 어머니가 기다리고 있다는 것을 알았다. 누이의 발걸음이 전에 없이 가벼워 보였기 때문이다. 그러나 그 걸음에 좌우로 경쾌하게 흔들리는 엉덩이를 보며 나는 기도하게 되었다. 제발 저 안에 어머니의 그림자도 없게 해주세요.

종

누이는 좀처럼 나오려 하지 않았다. 나는 천천히 다가갔다. 긴 나무 좌석이 끝없이 펼쳐져 있었다. 나는 한 번도 발 디뎌본 적 없는 그 안에 누이가 있었다. 길쭉한 석고상 앞에 멈춰 서서 하염없이 위를 올려다보고 있었다. 두 손을 가슴께에서 마주 쥔 채로. 그런 누이의 옆모습은 내가 여태 본 적 없는 낯선 사람 같았다. 누이는 석고로 빚어진 새하얀 발끝을 두 손으로 쓰다듬었다. 그리고 천천히 몸을 숙여 석고상의 발끝에 뺨을 가져다대곤 새하얀 석고상의 발치를 부둥켜안았다. 나는 바싹 마르는 입술에 침을 축이며 나무 좌석 사이에 몸을 웅크리고서 그 모습을 전부 지켜봤다. 누이의 얼굴은 잠들 것처럼 평온하게 보였다. 이내 누이의 목소리가 성당 내부에 울려왔지만 뭐라고 말하는 것인지는 알 수 없었다. 귀 기울이는 순간, 누이는 흥얼거리며 노래를 불렀다. 유달리 가늘고 높은 가성이었다. 나는 섬뜩한 기억에서 도망치듯 성당을 벗어났다. 골목길까지 단숨에 달려와 잠시 멈추고 숨을 골랐다. 담벼락 위에 있던 자두는 사라지고 없었다.

그것이 몇 년 전이었는지 아니면 바로 며칠 전의 일인지 알 수 없다. 누이는 노래를 흥얼거리고 있었다. 어디서 배워왔는지 모를 노래를 하며 대야 가득 들어찬 이불을 밟고 있었다. 그때 나는 문제집 지문으로 나온 〈사씨남정기〉를 읽고 있었다. 샤프로

밑줄을 그으며 읽어도 한 글자마다 비집고 들어오는 가느다란 음성에 치가 떨렸다. 눈앞이 새까맣게 어두워졌다. 선원들을 노랫소리로 홀려 잡아먹고 배를 전복시키는 세이렌과 누이 사이의 다른 점은 무엇인가. 나는 평소 누이가 있을 때는 거들떠도 보지 않는 비좁은 베란다 쪽으로 걸어 나갔다.

그리고 나는 보았다. 뜨거운 한낮의 햇살 앞에 하얗게 부서지는 허벅지를 다 드러내고 허리고무줄 안에 치맛자락을 한데 모아 끼워 넣은 누이의 모습을. 교차하며 빨래를 밟고 올라오는 다리 사이, 음흉한 기운을 내뿜는 깊숙한 곳에서부터, 붉은 선혈이 흘렀다. 그것은 내가 발견하기 전부터 여러 갈래로 내려오며 선연한 길을 그려내고 있었다. 희뿌연 비눗물이 가득한 대야 안에서 핏물이 만들어낸 마블은 이리저리 발짓에 붕괴되었다. 너무나도 확연한 색채 대비와 누이의 기이한 노랫소리, 뒤늦게 나를 바라보는 가느다란 눈매와 눈빛, 그 모든 게 공포였다. 온몸이 소금 기둥처럼 굳어 눈을 감을 수 없었다. 햇살을 반사하는 새까만 머리칼이 바람결에 흩날리며 눈앞에 그물처럼 그림자를 드리웠다. 오랜만에 눈을 마주친 누이는 입 끝을 휘며 붉게 웃었다. 그때 처음으로 누이가 두려워졌다.

두려움. 그것은 경멸 너머에 있는 감정일 것이다. 언제 마주쳐도 쉬이 수그러들지 않는 누이의 눈동자가 두려웠다. 누이가 빨고 있던 이불은 오염되었다. 당연한 일이었다. 붉게 물들어 아무리 흐르는 찬물에 비벼 빤다고 해도 그 더러운 핏물은 완벽히 지워지지 않을 것이다. 나는 그 대야 안에 담겨 있던 모든 것을 태워버려야 한다고 생각했다. 그렇지 않으면 그 이불은 덮고 잠드는 이의 몸을 단단히 옭아매고 목을 죄어올 것이다. 그런 상상에 몇 번이나 감은 눈을 뜨고 이불 속을 살펴보았다. 그때 누이가 빨던 이불은 누이와 아버지가 덮고 자는 것이었지만 그래도 난 두려움에 소스라쳐 몇 번이나 깨어났다. 그날 밤 어둠 속에서 누이는 몇 번이고 더러운 소리를 내었다. 그것이 벽을 울려오는 것인지 머릿속에서 홀로 울리는 것인지는 몰랐다. 언제나처럼 눈을 질끈 감았다. 눈을 감듯이 귀를 닫을 수 있다면 얼마나 좋을까. 그런 생각을 하던 중 무의식은 누이의 허벅지에서 종아리를 따라 흐르던 붉은 피를, 아니 붉은 입술을, 붉은 울음을, 얼굴 없는 수많은 자에게 차례로 짓눌려 치이고 치이고 또 치이는 누이를 떠올렸다. 밤새도록 울던 가느다란 목소리가 숨어서 지켜보는 아이를 발견한 것처럼 속삭였다.

"오빠."

수면 위로 끌어올려진 잉어처럼 크게 숨을 들이쉬며 눈을 떴다. 문틈 사이로 목소리만 내어보낸 누이가 조용히 대답을 기다린다. 대답 없는 기척에 하얀 팔을 문틈으로 집어넣어 바닥을 더 듣는다. 나는 숨을 죽이고 누이가 하는 양을 지켜보았다. 곧이어 문밖으로 사라진 손은 반질반질 윤이 흐르는 자두 다섯 알이 담긴 플라스틱 바구니를 방 안으로 들이밀었다. 문은 조심히 닫힌다. 나는 미동 없는 작은 바구니를 잠시 노려보다가 이불을 천천히 들춰보았다. 그 꿈을 꿀 때면 어김없이 요가 젖었다. 바람이 새어 들어와 젖은 속옷을 얼음장처럼 차게 만든다. 단숨에 벗어 면바지와 함께 말려 엉킨 옷가지를 요에 쌌다. 세탁기 구석에 던져놓으면 누이는 아무 말 없이 빨래를 했다. 누이는 바닥을 닦고 있었다. 두 손으로 밀어대는 걸레가 지나간 매끄러운 바닥 위에서 누이의 두 무릎이 쓸리는 소리가 일정하게 들려왔다.

어제와 다름없는 시간이 흘러가고 있었다. 누이는 성당에서처럼 노래하지 않았다. 어제 본 것은 환상인지도 모른다. 묵묵히 바닥을 내려다보며 걸레질을 하는 모습이 그녀에게는 가장 잘 어울렸다. 아침부터 기분이 흐렸다. 꿈속에서 누이를 본 날은 징크스처럼 더 괴로운 하루가 시작되곤 했다. 왁스 칠 된 마룻바닥에 얼굴이 뭉개진 채로 발길질을 받을 때, 이제는 아무 생각도 들지 않게 되었다. 눈을 감고 있으면 새까만 벽이 앞에 있을 뿐이다. 나는 그저 그 어둠에 집중하면 되는 것이다.

학교 안의 누구든 나를 찬다. 반에서 왕따인 애도 나를 차고 반장인 애도 나를 차고 옆 반의 이름 모를 애도 나를 찬다. 얼굴을 모르는 모두가 나를 발로 차고 짓누른다. 뺨과 등에 새겨질 슬리퍼 고무 밑창의 문양이 느껴진다. 나는 내 몸 깊숙이 새겨지는 그 문양들을 기억한다. 기억하고 되새기며 내게 이런 수모를 주는 누이에 대한 경멸로 증폭시킨다. 차가운 마룻바닥의 왁스 기름 냄새와 뒤섞인 슬리퍼 밑창의 냄새는 고약하기 짝이 없다. 이따금씩 내게 침을 뱉으며 몸서리치는 나를 비웃는 것도, 모두들 단 한 번도 잊지 않는다. 억지로 지퍼를 열고 교복 바지를 벗겨 걸레 빤 물에 던져 넣고 모두가 네 누이는 걸레라고 욕한다. 누가 처음 시작했는지 기억나지 않는다.

방과 후 처음으로 나를 앞세워 현관문을 열게 했던 다섯 명의 아이는, 아무렇게나 구겨진 교복 겉옷을 들고나와 누이의 긴 머리카락을 겉옷에서 털어내곤 내 어깨를 두드렸다. 세례식처럼 대걸레로 내 얼굴을 적신 날부터 나 홀로 고행을 겪어왔다. 나는 그들의 분노를 이해한다.

누이는 더럽다. 그녀가 나의 누이란 이유로 나를 조롱하는 것을 나는 이해한다. 그러나 누이를 둔 내 죄목은 무엇일까. 알몸으로 화장실 칸막이 안에 갇혀 깊이 생각했다. 어머니는 우릴 버렸고 누이는 우릴 욕보였다. 계집들의 잘못이다. 그에 상처받고 아버지는 떠돌이 광견처럼 사나워진 것이다. 그리고 나는 더럽고 뜨겁고 치욕스러운 수모를 당한다. 이따금씩 찬 물방울이 떨어져 바늘처럼 머릿속을 찌른다. 천장에 곰팡이가 새까맣게 몰려와 있다. 푹푹 썩은 구린내가 기어 올라오는 변기 위에서 나는 열이 올랐다. 누이를 가만두어선 안 된다. 나약하고 비열한 누이의 두 눈은 이런 나의 모습을 보면 분명히 샐그러지며 웃음을 참지 못할 것이다. 속으로 웃으며 내게 속삭이겠지.

"오빠, 왜 먹질 않아."

누이가 내 얼굴을 들여다보았다. 이런 호사는 아버지가 기쁠 때만 가능한 일이었다. 술에 취한 아버지는 이따금 느닷없이 고기를 몇 근 잘라 왔다. 누이의 뒷주머니에서 난 돈으로 경마장에서 몇 푼 따낸 것이 틀림없다. 붉게 번들거리는 얼굴로 연신 웃으며 고기를 뒤집는다. 관객 없는 무대 위에서 연기하듯 아버지는 자상하게 고기를 구워 잘랐다. 희고 보드라운 비계가 켜켜이 낀 살코기는 뜨겁게 달아오른 불판에 쩍 눌어붙으며 흰 정액 같은 불순물을 길게 흘렸다. 누이가 널어놓은 내 요 쪽으로 불판 연기가 몰려간다. 누이는 눈치 없이 또 내 밥숟갈 위에 살그머니 고기 조각을 올린다. 나는 누이의 젓가락이 닿은 살점을 밥공기 밑으로 추락시킨다. 아버지는 한 뼘이 거무스름하게 탄 것이나 붉은기가 빠지지 않은 속살을 구별하지 않고 입에 집어넣어 씹는다. 그러나 아버지의 손은 기름이 유유히 떠다니는 소주잔

종

을 젓가락보다 더 자주 쥔다. 누이의 얼굴색이 어둡다. 비어가는 소주병과 한낮의 구경꾼들처럼 이글거리는 불판, 그리고 내 얼굴을 번갈아 쳐다본다. 이 상황이 시사하고 있는 것을 누이는 안다. 나도 안다. 아버지도 안다. 불판이 식고 번들번들하던 기름기가 하얗게 응고될 즈음, 다 비어버린 소주병과 나를 놔둔 채 아버지는 누이의 손목을 잡을 것이다. 누이는 미처 짐을 챙기지 못하고 떠나는 피난민처럼 걸음걸음마다 이쪽을 돌아볼 테지만 그런 행동으로 나는 누이가 더욱 역겨워질 뿐이다. 아버지와 함께 방에 들어가는 것이 누이라는 것을 나는 더욱 똑똑히 기억하게 될 테니. 이런 날의 아버지는 창을 부술 듯 뒤흔드는 태풍과 같다. 재난처럼 누구에게나 불어닥치고 막을 수 없다. 나는 불판 위에 구둑구둑하게 말라붙은 고기와 악취 사이에서 문이 닫힌 방을 노려본다. 교실 중심에 모인 아이들이 누이의 밑구멍에 대해 묘사했던 날, 모공 하나하나 속 솜털이 바짝 곤두섰다. 누군가 내 머리꼭지에 뜨거운 물을 연거푸 들이부은 듯 온몸이 어지러웠다. 집에 돌아왔을 때 두 눈두덩이 젖은 누이가 내 발등에 침을 뱉었다.

고기의 노란내와 탄내가 강하게 밴 요 위에 누워 살코기가 된 듯 몸을 뒤집으며 기억을 더듬었다. 벽을 타고 온 둔탁한 마찰음이 머릿속을 꿍꿍 찧는다. 양말 위를 적시는 침 자국과 간질거리는 그 습기. 그때의 누이는 나를 노려보고 있었다. 그 눈은 분명 나를 쏘아보는 것이었다. 물어 뜯긴 날짐승이 날아올라 힘껏 쫄 때를 노리듯이, 매우 건방지고 어딘지 미친 눈빛이었다. 발등에서부터 무언가 치솟아 올랐다. 곧 잡아먹힐 것을 예감하면서도 결코 굽히지 않고 마지막까지 반항해보고자 하는 절실함이 담긴 눈빛이었다. 누이를 마주하면서 그렇게까지 가슴이 심하게 달음박질한 것은 처음이었다. 누이는 그 누구에게도 그런 태도를 취한 적이 없었다. 묘한 수치심이 주먹 안에 꽉 쥐어졌다. 그때 아버지가 화장실 문을 열고 지독한 취기를 몰고 나왔다. 누이는 바로 움직여 아버지의 이부자리를 깔았고 나는 방에 틀어박혔다.

다음 날 누이는 여느 때와 같이 스스로의 역할을 몸소 깨달은 얼굴로 돌아왔지만 나는 누이가 이른 아침 놓고 간 밥상을 거들떠도 보지 않았다. 이따금 내 이름을 주문처럼 외며 남자애들이 찾아왔지만 누이는 군말 없이 방문을 열었다. 그럴 때마다 무언가 가슴속 깊은 곳에서부터 찬찬히 가라앉는 기분이 드는 것은 오히려 나였다. 누이가 뱉은 침 덩어리가 가슴 한구석에 차갑게 달라붙어 깊숙이 젖어가는 것이었다.

"오빠."

누이가 속살거린다. 아버지가 아직 잠들어 있는 모양이었다.

목덜미를 붉게 물린 누이가 목 부분이 쭈글쭈글하게 늘어난 웃옷을 만지작거리며 내 눈치를 본다. 나는 숨이 막혀오는 것을 느꼈다. 온 방 안에 톡 쏘는 소주 냄새와 진득한 삼겹살 기름 냄새를 가습기마냥 내뿜고 있을 아버지가 생각났다. 누이가 조그맣게 홀로 웃는다. 푸르스름한, 그러나 곧 붉은기가 오르려는 풋사과를 꺼낸다. 나는 도무지 외워지지 않는 수식을 노려보며 이따금 누이가 하는 양을 살펴본다. 잔뜩 늘어난 제 옷자락으로 푸른 사과 알을 정성스레 닦아낸다. 반질반질하게 닳은 열매를 두 손에 쥔 채 누이가 나를 똑바로 쳐다본다.

"오빠, 나와 함께…… 만나러 가지 않을래?"

누이의 목소리가 떨리고 있다. 희미하게 들뜬 기운을 감추지 못한다. 누이는 기대하고 있다. 누이는 지금 내게 무언가를 바라고 있다. 나는 뻣뻣하게 굳어 녹슨 기계 같아진 목 근육을 움직여 누이를 바라보았다. 누이는 내 눈을 피하지 않는다. 드러난 목덜미를 감추지도 않고 내 앞에서 마스크를 쓰지도 않는다.

"어머니를, 만나보고 싶지 않아?"

누이가 회유한다. 감히 나를 어린양 보듯 하며 금방이라도 손을 뻗어 쓰다듬을 것 같은 얼굴로 웃는다. 희디흰 석고상은 진정 누이의 어머니일까. 아버지와 우릴 버리고 떠난 죄로 딱딱하게 굳어버린 것일까. 차갑게 굳은 입술로 누이에게 뭐라 속닥였을까. 누이는 무언가 달라졌다. 무엇이라 단정할 수는 없지만 확실히 달라졌다. 그리고 나는 심기가 불편해졌다. 누이는 스스로가 더럽다는 것을 잊은 듯이 행동하고 있다. 그것은 좋은 징조가 아니다. 악몽과도 같은 불길함이 서려 있다. 누이가 내게 푸르스름하고 반질거리는 사과를 건넨다. 나는 두려운 기색을 숨기지 못하고 곁눈으로 그 열매를 내려다보았다.

"오빠, 지금은 망설이는 게 당연할지도 몰라. 나도 처음엔 그랬으니까."

누이의 목소리가 또렷하다. 옆방에서 벽을 밀치고 넘어오는 아버지의 잠꼬대에도 누이는 어깨를 움츠리지 않는다.

"나는 이제 결심했어, 오빠. 나는 어머니의 딸이 될 거야."

나는 누이가 무슨 말을 하는 것인지 전혀 알 수 없었다. 누이는 새로운 언어를 배운 것만 같았다.

"오빠, 결심이 서면 언제라도 내게 말해줘. 함께 가자."

누이가 내 문제집 위에 사과를 올려놓았다. 그러고는 소국처럼 조그맣게 웃어 보인 뒤 방을 나갔다. 나는 문제집 위에 오롯이 올라 나를 관찰하고 있는 그 열매가 두려웠다. 이 단단한 과일을 한입 베어 먹는 순간 모든 것이 변할 것 같았다. 왜 그런 기분이 드는 것인지 알 수 없었지만 나는 문제집을 들어 양탄자처럼 빼내었다. 데굴데굴 구른 사과가 앉은뱅이책상 밑으로 묵직

종

한 소리를 내며 떨어졌다. 마치 뒤통수를 울리는 탁음 같았다. 누이는 내 어디를 구타하고 있는 것인가. 몸살처럼 곳곳이 아려왔다.

교실 뒷문을 열자마자 농구공이 날아와 콧잔등을 강타했다. 나는 복도로 굴러떨어졌다. 톡 쏘는 싸한 통증과 함께 뜨거운 핏물이 콧구멍으로 빠져나왔다. 교실 안에서는 악마처럼 모두의 입에서 웃음이 터져 나왔다. 뜨겁게 흐르는 코피를 손가락으로 막으며 고개를 드는데 가차 없이 농구공이 다시 머리를 텅 울렸다. 눈앞이 팽글팽글 돈다. 아이들은 새빨간 혀를 길게 빼고 웃는다. 누군가 더러워진 농구공을 삼십 초 안에 닦아 오라고 소리쳤다. 벽 너머에서 자주 듣던 목소리였다. 바로 귀 옆에서 개처럼 헐떡이던 그 목소리가 생생하다. 그는 경멸하듯 말했다.

"너희 계집이 문을 열어주지 않았어. 걸쇠를 걸어 잠그곤 숫처녀마냥 내게 돌아가리고 했어. 무슨 말인지 알겠어? 죗값으로 네가 대신 죽어야겠다는 생각이 들지? 응?"

흙 묻은 운동화 발이 내 머리를 축구공 삼아 퉁퉁 차올렸다. 턱이 틀니처럼 딱딱 소리를 내며 다물렸다. 믿을 수 없다. 동화 같은 말을 꾸며내는 것이다. 하얗게 밀가루를 뿌린 손을 내보이지 않으면 그 새까만 속내를 의심해 절대로 문을 열어주지 않는 동화 속 새끼 양이라도 되는 듯이 누이를 묘사하고 있다. 웃느냐며 그가 복부를 깊게 차댔다. 명치끝이 떨어져나가는 통증에 몸을 공벌레처럼 구부렸다.

종소리를 가장한 전자음이 교내로 퍼져 나를 해방시키자 모두 교실로 돌아가고 나는 차디찬 복도 바닥에 텁텁한 흙먼지와 꾸둑꾸둑하게 마른 코피로 남았다. 골목길로 깊게 걸어 들어가던 누이의 뒷모습을 회상했다. 앞모습보다 더 눈길을 끄는 누이의 뒷모습이 멀어진다. 누이는 오늘도 그 길을 걸어갔을까. 자꾸만 두려운 생각이 든다. 마치 소낙비가 퍼붓기 전의 흐릿한 하늘처럼, 무언가 변하고 있다.

"오빠."

누이가 현관 앞에 서서 기쁜 듯 나를 불렀다. 나는 누이의 맨발을 쳐다봤다. 추위에 붉어진 발끝이 축축하게 젖어 있다. 누이는 걸레를 들고 있다. 처음에는 희고 뽀얀 새 수건이었던 것이 닳고 닳아 반을 나누어 걸레로 쓰게 되었다. 본연의 색을 잃어버린 걸레는 처음의 순결을 기억하기 힘들 정도로 땟물에 절여졌다. 누이는 물기를 쪽 짜낸 걸레로 베란다 바닥을 닦고 있었다. 타일 사이에 아버지가 흘린 담뱃재가 말라붙어 있어 누이의 웅크린 등은 힘들여 바닥을 문질러댄다. 늘어난 바지와 말려 올라간 웃옷 사이로 비치는 등살이 희다. 도드라진 척추 뼈가 흰 살갗 위로 굴곡을 만든다. 상하로 흔들리는 굴곡을 바라보다가 베란다의 유리문이 흰 시트지로 말끔하게 덮여 있는 것을 보았다. 뿐만 아니라 말라비틀어져 뿌리째 드러낸 행운목 화분 곁에 한 채의 이불과 요가 개어져 있다. 누이의, 이전에는 어머니의 것이었을 작은 손거울과 로션도 그 곁에 나란히 나와 있다. 누이는 걸레질을 마치고는 아버지의 방에서 옷 꾸러미를 챙겨 나왔다. 누이의 콧노래가 희미하게 들려온다. 베란다 창 너머 밖을 내려다보고 있던 누이가 나를 돌아본다.

"오빠, 난 이제 나만의 방에서 지낼 거야."

한 자리에서 뱅그르르 돌아보며 누이가 말했다.

"여기가 내 방이야."

나는 생명력이 넘치는 누이의 반질반질한 눈동자에 놀라 몸이 굳었다. 나는 아버지의 방에서 살지 않는 누이의 모습을 한 번도 생각해본 적이 없다. 누이는 죽는 그 순간까지 불거진 핏줄마다 쉰내가 흐르는 노인네의 마른 품에 안겨 있어야만 한다고, 그렇게 생각했던 것이다. 그건 여느 집에 화장실이 있고 거울이 있듯이 우리 집에서는 당연한 일이었다. 하나라도 빠지면 전부 무너져 내리는 젠가 게임의 나무 블록처럼, 그건 우리 가족이 살아가기 위해 쌓아놓은 형식 중의 하나였다. 지금 그것이 아슬아슬하게 흔들리는 소리가 들린다.

"이제…… 내 방에서 혼자 잘 거야. 그럴 거야. 그렇게 할 거야."

누이는 나를 앞에 세워두고 홀로 다짐한다. 나는 여태까지 봐왔던 누이와 지금 내 앞에 서 있는 누이가 꼭 다른 사람인 것만 같았다. 내 앞에 서 있는 이는 대체 누구인가. 나는 방 안에 틀어박힌다. 문밖에서는 자신만의 방을 꾸미기 위해 그녀가 바쁘게 움직이는 소음이 들려온다. 나는 발끝부터 한기가 올라오는 기분에 몸을 웅송그리고 앉아 있었다. 아버지는 오늘도 만취한 상태로 얼큰한 찌개 냄새를 잔뜩 풍기며 돌아올 것이다. 언제나처럼 누이의 손목, 혹은 머리채를 잡고 방 안으로 들어가려고 하겠지. 얌전하게 끌려가지 않는 누이를 상상하지만 도무지 머릿속에 그려지지 않는다. 누이의 옷 사이로 보이던 흰 등살이 눈앞에 또렷하게 떠 있다.

아버지가 돌아왔다. 으레 그랬듯 두부 쪽으로 다가가는 그 손을 누이가 예고 없이 차갑게 내친다. 집 안에는 가슴이 버석버석 부서질 것 같은 기류가 흐른다. 누이의 눈빛은 너무나도 단호하다. 마치 누이의 겉가죽 안으로 다른 영혼이 들어간 것처럼. 만약 그렇다면 그건 그 커다란 석고상의 영혼일 것이다. 단호하게 다물린 입술과 또렷한 눈빛, 그 조각상을 거푸집 안에 다시 집어넣어 누이의 형상으로 바꾸어낸 것 같다. 모기처럼 기어들어 가던 목소리가 거실을 울린다.

"저를 그렇게 만지지 마세요."

아버지는 아무런 반응도 보이지 않는다. 누이는 연설하듯이 청중인 우리 둘의 얼굴을 둘러보며 말한다.

"저는 이제 여기서 혼자 잘 거예요. 다시는 남자와 함께 자지 않을 거예요."

아버지가 고개를 끄덕인다. 그래, 하고 속삭이며 누이에게 다가간다.

"네 애미도 그런 말을 했지."

누이가 천천히 뒷걸음질 친다.

"너도 이제 그럴 때가 되었구나."

아버지의 시커멓고 커다란 손이 누이의 뺨을 붉게 터뜨릴 기세로 친다. 누이는 늘 그랬듯 신음을 꾹 참으며 앙상한 어깨를 떤다.

"너도 네 애미년처럼 커버렸구나."

누이의 뺨은 잔뜩 영근 사과 같다.

"계집들은 다 똑같아."

아버지는 누이의 배 부근을 발로 찬다. 누이는 낙엽처럼 베란다 유리에 부딪혀 바닥으로 굴러떨어진다. 진동하는 유리창에 내 마음도 걸려 있다. 나는 뒤돌아 방 안으로 도망쳤다. 구석에 이불을 쓰고 앉아서 문밖에서 들려오는 소음에 귀 기울이지 않기 위해 속엣말을 중얼거린다. 누이의 울음소리가 한겨울 바람 소리처럼 내 마음을 두드린다. 나는 귀를 막는다. 제발, 누이를 죽여주세요. 그러는 것이 모두에게 좋은 일이라고 나는 생각하며 스스로를 납득시키기 위해 암기하듯 세 번 더 같은 말을 중얼거린다. 그러는 것이 누이를 위하는 일일지도 모른다. 그러나 더욱 거세지는 아버지의 목소리를 들으며 과연 내가 죽기를 바라는 인물은 누이가 맞는가, 의심하게 된다. 아버지의 욕설은 세상 그 누구도 곱게 소화시킬 수 없을 것이다. 나는 구토하듯 그 욕설들을 위로 뱉어내고, 누이는 위장을 거쳐 뱃속 깊이 삼켜낸다. 누이는 아버지의 불순물과 욕설을 거름으로 배양되었다. 나는 조각들을 분실한 퍼즐처럼 희미하게 기억나지 않는 어머니의 이목구비를 이리저리 끼워 맞추며 현실을 잊는다. 그러나 아무리 어머니의 얼굴을 창작해내려 해도 그것은 결국 누이의 석고상을 모방한 얼굴이 되고 만다. 만약 어머니가 나타난다면 달라질 수 있을까.

무엇이 달라질까. 왜 누이의 어머니는 누이가 입 맞춘 발로 여기까지 걸어오지 않을까. 왜 누이가 동경하듯 올려보던 입술로 누이의 이름을 자애로운 목소리로 불러주며 누이를 껴안아 보호하지 않을까.

"뛰어! 뛰어내려!"

아버지의 목소리는 급정거하는 트럭 같다.

"뛰어내려! 죽어버려!"

브레이크가 고장 난 것처럼 목소리에 날이 선다. 나는 양 손바닥으로 거세게 귀를 막는다. 둥 둥 울려오는 심장 소리가 내게 속삭인다. 오빠. 오빠. 오빠. 오빠. 조금씩 더 빠르게 뛰어! 뛰어! 뛰어 뛰어 뛰어, 아버지가 소리친다.

그러곤 드디어 그토록 원했던 적막이 찾아온다. 나는 깊게 숨을 들이쉰다. 귀를 막은 양손이 알코올에 오래 찌든 아버지의 손이 된 것마냥 제멋대로 흔들리고 있다. 분명 신은, 누군가의 기도는 들어주는 것이다. 설령 그것이 악인의 것이거나 악행이라고 해도 신은 손수 더러운 기도를 매만져줄 것이다. 나는 그토록 염원하던 고요를 선물한 신에게 감사했다. 그러나 방문을 여는 것은 그 대가치고는 너무나 두려운 일이었다. 무언가에 취한 듯 오래된 나무 문의 손잡이를 쥐고 돌리자, 누이가 서 있다.

"오빠."

누이가 폭탄을 밟은 듯 꼼짝 않고 거실에 서 있다.

"오빠……."

벼랑 끝에 선 인질처럼 검은 동공이 텅 비어 있다. 그러나 인질범은 미동이 없다. 나는 그녀의 발밑을 내려다본다. 다급한 숨이 가슴에서부터 뒤죽박죽 튀어 올랐다. 앞으로 내민 누이의 두 손이 발작적으로 흔들린다. 아버지는 입을 벌린 채로 누워 있었다. 행운목 화분에 부딪힌 머릿가죽에서부터 미처 다 내뱉지 못한 분노가 흐물흐물하게 퍼져 나왔다. 작은 손거울이 깨진 파편은 아버지의 맨발 아래 가시처럼 깔렸다. 모든 소란이 거짓말처럼 깊이 가라앉았다. 아버지는 비로소 몸 안에 쌓이고 쌓인 먹물을 다 터뜨리며 생물 오징어처럼 축 늘어진 것이다.

이것은 누구의 기도인가. 그 경계가 모호하다. 나는 누이를 바라본다. 누이는 벼랑 끝에 서 있는 고소공포증 환자처럼 제 발 아래를 내려다보지 못했다. 어설프게 비껴간 눈빛이 나와 마주친다. 나는 그녀의 눈동자 안에서 깊은 동굴을 보았다. 아주 좁고 축축한, 끝이 보이지 않을 정도로 길게 이어져 온 동굴의 입구 앞에 내가 서 있다.

"가."

내 목소리에 누이는 느리게 눈을 깜빡이며 반응한다.

"가."

금방이라도 주저앉아 무릎을 꿇을 것 같던 누이의 후들거리는 종아리가 곧게 선다.

"네 어머니에게 가."

종

누이의 발등에 눈물이 툭툭 떨어져 번진다. 누이는 뒷걸음질 친다. 그러곤 멀리 발소리를 지우며 집 밖으로 떠나간다. 나는 소낙비가 한차례 쏟아붓고 지나간 거리처럼 후련해진다. 이제 다시는 누이를 볼 일이 없을 것이다. 나는 무엇으로부터인가 해방되었다. 뒤쫓을 수 없을 만큼 오래도록 걷고 또 걸어 점으로 지워질 뒷모습을 그려본다. 아주 작지만 확실하게 찍힌 마침표가 될 뒷모습. 멀리서 어렴풋이 종소리가 들려온다. 인자한 어머니의 목소리처럼, 종소리가 넓게 손을 뻗치며 흘러나온다. 나는 그것이 누구를 부르는 울음인지 알고 있다.

누이를 위하여 종이 울린다.

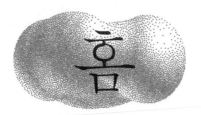

그날도 여느 때와 같이 교실 안에서는 시체 냄새가 났다. 천장 어느 구석엔가 죽은 쥐가 몇 마리 썩어가고 있을 것 같았다. 교실은 무엇이든 썩기 좋을 정도로 습하고 밀폐되어 있었다. 어느 계절이나 아이들은 축축한 콧물을 흘렸고 교복은 늘 팔꿈치 부분이 닳아 반질반질했다.

함부로 볼펜이나 수정액 따위를 떨어뜨리는 아이는 없었다. 모든 추락과 관련된 행동은 미신을 넘어서 하나의 종교처럼 모두를 예민하게 했다. 등수가 떨어지는 것보다는 차라리 옥상에서 떨어지는 편이 더 나았다. 경기 말처럼 오직 앞만 보고 나아가는 그들의 눈동자에는 하나같이 핏발이 서 있었다. 시도 때도 없이 터지는 코피는 흔한 증상이었다. 모두가 예민하기 때문에 조그마한 충동에도 싸움은 크게 번졌다. 그러나 선생이 꺼낸 성적표를 마주하면 어떤 소동도 수그러들었다.

지금의 삶은, 고여 있는 웅덩이였다. 물꼬가 트이는 날을 위해서 소리 없이 고이고 또 고였다. 그것이 괴로운지 어떤지에 대해서는 고민할 시간이 없었다. 시간의 흐름이 멈춰 있는 곳이지만 모순되게도 시간만큼 중요한 것은 없었다. 가방에 책을 겹겹이 넣고 과외 장소로, 혹은 학원으로 향하는 시간마저도 낭비처럼 느껴졌다. 시속 80킬로미터로 달리는 차 안에서 할당량의 단어를 암기해야 겨우 스케줄이 맞았다. 교문 앞에 좌르륵 늘어서 있는 버스 안으로 저마다 갈라져 들어가면 흔들리는 차창에 기대어 손바닥보다 작은 단어 수첩을 꺼내들었다. 한 장을 잘못 넘기면 몇 점이 떨어질지 알 수 없는 스릴러극 같은 매일이었다. 그런 와중에 전교 십일 등이 추락했다.

사고였다. 학교 측은 그렇게 결말짓기로 했다. 학교 홈페이지 게시판과 인터넷 기사 댓글, 수많은 문의 전화들은 저마다의 예시를 제출했지만 학교 측은 그 모든 가설을 정답으로 쳐주지 않았다. 시험지의 정답은 학교 측만 알 수 있으니 열등생이 되어버린 모두는 서서히 입을 다물었다.

일호는 복도 측의 맨 뒷자리에 앉았다. 그 나열만으로도 성적을 가늠할 수 있는 교실 안에서 단연 열등했다. 스스로도 그 사실을 알고 있었다. 전교 십일 등이며 반에서는 사 등으로 불리던 그 애는 일호의 열에서 가장 앞자리에 앉아 있었다. 그렇기에 일호에게는 수많은 뒤통수에 가려 머리카락 하나 보기 힘든 아이였다.

일호는 인터넷 기사를 찾아 읽었다. 기사글 안에서 B 학교, 혹은 나 학교로 적혀 있는 학교의 기사 속 주인공과 같은 반에 있다는 사실이 비밀스러운 뿌듯함을 안겨주었다. 일호는 어쩌면 정답에 가장 근접한 자리에 있는지도 몰랐다. 짬이 날 때마다 '고등학생 자살' 혹은 '남고생 추락'과 같은 주요 단어를 이리저리 변형시켜가며 검색하여 많은 기사를 읽었다. 마치 한 편의 소설을 쓰듯이 처음부터 끝까지 추측과 묘사로 이루어진 기사가 있는가 하면, 가족이나 친구 같은 최측근에게서 유입된 정보라고 단언하며 마치 바로 곁에서 지켜본 듯이 자세한 정보가 나와 있는 기사도 있었다. 그러나 일호가 알고 있는 한, 진실이 조금이라도 담겨 있는 기사는 없었다. 그도 그럴 것이 그 진실은 '아무도' 모르고 있기 때문이다.

두개골에 금이 갔다는 심일 등 본인조차도 OMR카드의 주관식란에 스스로가 추락한 이유를 간결하게 기입할 수 없을 것이다. 대부분의 기사에서는 추락사한 K군이 4층에 위치한 교실에서 창문을 닦다가 추락했다고 쓰여 있었다. 그러나 일호는 잔뜩 구겨진 신문지 뭉치로 교실 창문을 닦아본 적이 한 번도 없었다. 그건 K군을 비롯한 모든 아이들도 마찬가지일 것이었다.

삼 학년은 그 누구도 청소를 하지 않았다. 모두 먼지 쌓인 책상 위에서도 집중할 수 있도록 훈련되었다. 일주일에 한 번씩 무덤처럼 쌓인 햄버거를 가지고 어머니회가 등장해 교실을 닦고 치웠다. 그러나 큰 위험을 감수해야 하는 바깥 창문 닦기는 예외였다. 창밖으로 보이는 풍경은 누구에게도 중요하지 않았다. 모두가 집중해야 할 세상은 빼곡하게 글씨가 적힌 교본 안에 있었다. 기자들이 한 번이라도 먼지가 잔뜩 눌어붙은 바깥 창에 손가락을 그어보았다면 그런 추측성 기사는 쓰지 않았을 것이다. 일호는 창밖을 한 번 멀거니 바라보았다. 희뿌연 창밖으로 해가 지고 있었다.

D-169. 그들은 왜 집에 가서 죽지 않는가. 볼펜 뒤 꼭지를 엄지로 눌러 볼펜 촉을 꺼냈다가 집어넣기를 반복하면서 아이들은 일과 속에 한 번쯤 그런 의문을 가졌다. 그건 일호도 마찬가지였다. 그날은 등굣길 혹은 점심시간, 하굣길 할 것 없이 불쑥다가와 누군가가 말을 걸었다. 카메라에 적힌 로고는 저마다 달랐지만 묻는 말은 거의 비슷했다. 어떤 경로로 침입에 성공했는지는 알 수 없지만 교무실과 교실에 잠입하는 카메라맨도 있었다. 십일 등의 추락사가 이슈에서 약간 벗어난 후였지만, 초가을까지 남아 있는 모기처럼 이따금 카메라를 발견하는 일이 있었

다. 그들 중 학생과의 인터뷰를 따내는 방송사도 더러 있었다. 그러나 이목구비가 모자이크 처리되거나 눈 부근이 검은 바로 가려진 학생들은 대부분 십일 등과 말 한마디 섞어본 적 없는 아이들뿐이었다. 개중에는 십일 등이 몇 반인 줄 모르는 아이도 있었고, 십일 등이 제게 유언을 남겼다고 진지한 표정으로 말하는 아이도 있었다. 심지어 십일 등이 떨어지는 순간을 보았다는 아이도 있었다. 그러나 그중에 정답은 없다.

십일 등은 모두가 돌아간 시각, 경비가 홀로 순찰을 돌 때 옥상에서 떨어져 즉사한 것으로 판명되었다. 옥상으로 들어가는 입구에는 출입 금지라는 글자가 궁서체로 프린트된 A4용지가 붙어 있었다. 녹슨 문고리에 감긴 쇠사슬은 자물쇠로 잠겨 있어 얼핏 보면 완전히 폐쇄된 것처럼 보였다. 그러나 발로 차는 것만으로도 옥상 문은 쉽게 열렸다. 문고리는 쇠사슬과 자물쇠에 감겨 있을 뿐 잠겨 있지는 않았던 것이다. 누구라도 옥상에 드나들 수 있었다. 학생들은 짬이 날 때 옥상에 숨어들어 담배를 태우곤 했다. 삼 학년 선배가 먼저 와서 흡연을 하고 있다거나 선배가 문을 열고 들어온 것을 발견했을 시에는 이 학년 이하는 자리를 피해주는 것이 예의였다. 선생도 성적이 좋은 학생은 그다지 혼을 내지 않았다. 학년과 성적이 어느 정도가 되면 그런 것쯤은 눈감아주는 풍습이 있었다. 불이라도 난 듯이 학교 옥상에서 희뿌연 연기가 마구 솟아오른다면 문제가 되겠지만 옥상 구석에 옹송그리고 앉아 꽁초를 물고 삐금대는 학생들을, 선생은 가엾게 여기기도 했다.

그들에겐 자유가 너무나도 적었다. 당연한 일이겠지만 십일 등이 뛰어내린 이후로 옥상은 완전히 폐쇄되었다. 그 사건이 있기 몇 달 전, 옥상 구석에서 공구용 본드가 잔뜩 달라붙은 검은 비닐봉지가 발견되었다. 그 일로 학생들의 소지품을 매우 철저하게 단속하며 옥상 폐쇄에 대한 회의가 진행되던 와중이었기 때문에 학교 측에선 낭패를 본 것이었다. 조금만 더 빨리 옥상을 폐쇄했더라면 이런 일은 없었을지도 모른다. 그러나 십일 등이 올라가기 전에 미리 옥상을 폐쇄했다고 해도 일어날 일은 일어나고야 만다는 것을, 모두가 곧 깨닫게 되었다.

전교 십 등의 시체는 삼층 보건실 옆 화장실 안에서 발견됐다. 그건 D-141의 일이었다. 십 등은 화장실 세면대 옆에 설치된 대걸레 개수대에 상반신이 전부 삼켜진 채 발견되었다. 목은 기이할 정도로 꺾여 있었고, 두 다리가 하늘로 치솟은 자세였다. 그를 처음 발견한 사람은 보건 선생이었다.

옥상에서의 첫 번째 죽음은 늦은 밤이었기 때문에 학생들이 등교했을 때는 모든 일이 끝난 후였다. 구급차는 아이들이 등교하기도 전에 사체를 싣고 갔고, 대부분의 학생들이 볼 수 있었던 것은 몇 번의 대걸레질로도 깨끗이 지워지지 못한 아스팔트 바닥의 핏자국뿐이었다. 그 핏자국이 완전히 자취를 감추기도 전에 두 번째 죽음이 일어난 것이다.

모의고사가 있던 날이었다. 전교 십 등은 내신 점수가 좋아 수능 때에 큰 이상만 없다면 안정적으로 원하는 대학에 입학할 수 있으리라 전망되는 학생이었다. 하물며 보건 선생이 그를 발견한 시각, 교실 안에서는 3교시 외국어영역 시험이 막 시작된 참이었다. 듣기평가가 다 끝날 때까지 숨소리를 크게 내지 않는 것은 암묵적인 규칙이었다. 보건 선생도 마찬가지로 듣기평가가 끝날 때까지 요의를 참았다. 드르륵, 소음을 내며 열리는 나무 문이나 복도를 걷는 슬리퍼 소리 같은 것이 행여 아이들의 문제 듣기에 방해가 될까 봐 주의했던 것이다. 듣기평가 시험이 끝나고 스피커가 꺼지자마자, 보건 선생은 문 열린 화장실 앞에서 십 등을 발견했다.

당시 그 반의 3교시 관리 감독을 맡았던 음악 선생은, 그 시각 십 등이 보건실 침대에 누워 있다고 믿고 있었다. 어째서 십 등을 보건실로 보냈느냐는 물음에 음악 선생은 울먹이며 그 아이가 많이 아파 보였다고 대답했다. 창백한 뺨에 불안한 눈초리를 한 그 아이는 틱 증후군을 앓고 있었다. 시험 때면 그 증상이 심해지곤 했는데 그날따라 유독 틱 증상이 심했다고 아이들이 증언했다. 틱 증후군 안에도 여러 가지 증상이 있지만 십 등은 눈을 강박적으로 깜빡거렸다. 가끔 목을 좌우로 움직이기도 했는데 오랜 치료로 많이 완화된 상태였다.

십 등의 어머니는 그런 장애를 겪으면서도 우수한 성적을 유지하는 아들을 자랑스러워했다. 같은 증후군 안에는 이따금 소리를 지르거나 아무에게나 심한 욕을 퍼붓는 증상도 있었는데 십 등은 비교적 얌전한 편이라 공부를 계속할 수 있어 얼마나 다행인지 모른다며 어머니회에서 자주 이야기했었다.

그러나 시험 때가 되면 극도로 예민해지는 반 아이들은, 소리가 나지 않는 사소한 행위에도 날을 세웠다. 대각선의 아이가 미미하게 계속 다리를 떤다든지 십 등이 이따금 빠르게 목을 움직여 고개를 흔든다든지 하는 것이 신경 쓰여 도무지 시험에 집중할 수 없다며 호소했다. 그래서 십 등의 어머니는 반장의 어머니보다 더 자주 햄버거를 사서 나눠 줬고 누구보다도 지극정성으로 어머니회 활동에 임했다. 그럼에도 불구하고 아직도 십 등을 탐탁지 않아 하는 아이와 부모들이 있었지만 그건 대부분 그 애가 차지한 십 등이라는 자리 때문이었다.

외국어영역의 듣기평가 대화 녹음이 복도 가득 울려 퍼지던 그 시각, 십 등의 상반신이 잠겨 있던 물은 대걸레를 빨고 난 구

정물이었다. 타살 가능성도 제기되었다. 그 덕에 가끔 교실 앞문과 뒷문의 조그마한 창문으로 복도를 걷는 경찰 관계자들의 모습을 발견하는 아이도 있었지만 대부분 삼 학년 교실은 그 창문마저도 각종 명언 종이로 뒤덮여 있어 누가 지나가도 눈치채기 어려웠다. 운동장을 빠져나가는 경찰차를 보기 위해 고개를 비트는 녀석들에게는 가차 없이 분필이 날아왔다. 한눈을 파는 순간, 모든 것이 수포로 돌아갈지도 모른다는 두려움 때문에 그런 사건에 일절 관심을 두지 않는 학생 쪽이 더 많았다. 새벽마다 신문의 경제면과 정치면을 들여다보는 아이들은 벌써 두 명의 아이가 자살한 자신의 학교에 대해 선정적인 헤드라인으로 쓰인 기사를 발견하기도 했지만, 각 신문사마다 그 사건의 원인을 어떤 관점으로 풀어냈느냐 하는 것 이외에는 더 신경 쓸 여력이 없었다.

읽어야 할 것은 너무도 많았고 시간은 늘 부족했다. 그건 학교 측도 마찬가지였다. 관리해야 할 학생은 너무도 많았고 시간은 늘 부족했다. 더 이상 매스컴을 속일 수도, 벗어날 수도 없는 처지에 놓이자 학교 측은 공식적인 발표를 할 수밖에 없었다. 전체적인 상황을 볼 때에 타살은 불가능하다고 판명되었고, 결국 십 등은 입시 스트레스와 맞물려 더욱 심해진 틱 증후군 증상에 괴로워했던 것으로 결정되었다.

홈

그 발표를 받아들일 수 없는 것은 십 등의 가족뿐이었다. 일부 시사 프로그램에서는 십 등의 가족을 찾아가 인터뷰하며 십 등이 죽은 다른 이유들을 찾아 헤맸지만 이미 떠나간 십 등이 답을 해줄 리 없었다. 학교가 안팎으로 시끄럽게 되자, 교실 분위기는 끓는 주전자 속 찻잎처럼 이리저리 떠다녔다. 그러나 현실을 직시하게 도와주는 선생들의 차가운 말 한 마디 한 마디에 학생들은 가까스로 고요와 긴장을 되찾고 있었다.

D-128. 그들은 왜 학교에서 죽는가. 일호는 턱을 괴고 앉아 생각에 잠겼다. 쉬는 시간을 알리는 종이 치자마자 아이들은 바람 빠진 풍선처럼 책상 위에 납작 기대어 엎드렸다. 간혹 쉬는 시간에도 조금도 흐트러짐 없이 자습을 이어가는 아이들도 있었지만 드물었다. 하루 종일 긴장 상태에서 기계처럼 좋은 텐션으로 공부를 한다는 것은 거의 불가능에 가까웠다. 하루 이틀이 아닌 장기전이기 때문이다. 시간이 갈수록 수험생들은 세상에 대한 미련을 놓은 노쇠한 노인의 눈을 하고 있었다. 책상 위에 검은 뒤통수를 올려놓은 채 쉰내를 풀풀 풍기는 앞줄의 아이들을 바라보며 일호는 고개를 끄덕였다.

어쩌면 십일 등이나 십 등이 학교에서 죽는 것은 당연할 일인지도 모른다. 이곳은 둥지나 다름없다. 캄캄한 어둠 속을 걸어서 집에 돌아가 잠시 눈을 붙이고 다시 등교하는 수험생들은, 집 안의 가구 배치가 바뀌어도 단번에 눈치채지 못할 만큼 집보다 학교에서 훨씬 더 많은 시간을 보낸다. 책상에 엎드려 쪽잠을 자는 것에 익숙해져, 집 안에서도 폭신한 침대를 놔둔 채 책상에서 꼬꾸라져 잠드는 아이들이었다. 일호도 침대보다는 책상에서 더 편히 잠들었다. 의자에 앉아 있지 않으면 홀로 도태된 기분이 들 때도 있었다. 학교 안에서는 교탁의 위치나 책상 열이 조금만 달라져도 모두 예민하게 눈치챈다. 일호도 마찬가지였다. 같은 열의 맨 앞에 있던 책상이 주인을 잃어 자신의 뒤에 배치되었을 때는, 일호가 아닌 그 누구라도 그 빈 책상이 신경 쓰일 것이다.

처음 한 달간은 흰 국화꽃 다발이 그 위에 가지런히 놓여 있었다. 고인을 존중하는 의미로 모두들 그 책상에는 조금도 손대지 않았다. 그러나 흰 국화 꽃잎이 짙은 다색으로 말라비틀어졌을 때, 벌레가 끼는 것을 방지하기 위해서 국화꽃은 치워졌다.

그 후로 십일 등의 책상은 곧 공동의 창고가 되었다. 문제집과 참고서가 사물함이나 책상 서랍을 꽉 채우고도 주체할 수 없을 만큼 많은 아이들이 자연스레 빈 책상 위에 책을 쌓아 올렸다. 그런 행동을 지적하는 선생은 없었지만, 십일 등의 어머니가 예고도 없이 손수건으로 입을 막은 채 불쑥 교실로 찾아온 이후로는 중지되었다.

　그러던 중 일호는 발견한 것이다. 십일 등의 책상 한가운데에 자그마한 홈이 파여 있었다. 그것은 마치 일호가 발견해주길 기다린 것처럼, 매우 기이한 형태로 눈길을 끌었다. 책상의 나무 재질은 제법 단단해서 커터칼이나 뾰족한 샤프펜슬 같은 것으로 아무리 찍고 긁어댄다고 해도 그렇게 깊은 홈이 파이긴 힘들었다. 게다가 그런 일에는 적잖은 소음이 동반되어서 주변의 시선을 끌기 마련이다. 최대한 소음을 줄이며 작업할 수도 있겠지만, 그런 것은 교도소에서 탈출하기 위한 수감자의 열망으로 끈질기게 파내지 않는 한 불가능에 가깝다고 일호는 생각했다. 십일 등의 성적과 성격은 그런 일을 할 이유가 없다. 만일 스트레스 해소를 위해 그런 일을 했다손 치더라도 그런 행동을 짝에게 들키지 않을 수 없다. 게다가 전교 십 등 안에 들지 못하는 것에 매우 열등감을 느끼고 있었던 십일 등은, 성적표를 받자마자 눈물을 쏟는 아이였다. 그런 십일 등이 허무맹랑한 일로 시간을 보낼 리 만무했다.

　그리고 무엇보다도 그 홈은, 특별했다. 오목하면서도 길쭉한 형태는 보기에 매우 안정적이었고 자꾸만 쳐다보게 되는 요상한 힘이 있었다. 그 홈에 대한 생각에 일호가 빠져 있는 동안, 아이들 사이에서는 소문이 돌았다. 한 달도 되지 않아 같은 학교의 학생이 둘이나 죽어버렸으니 이상한 소문이 긴장한 혈관 속 혈액처럼 빠르게 도는 것은 당연했다. 그중에는, 십일 등 다음에는 십 등이 죽었으니 다음 차례는 구 등이라는 소문이 가장 지배적이었다. 십 등이 되지 못한 십일 등의 원한이 십 등을 죽이고 십 등의 원한은 당연히 전교 구 등에게로 향할 것이었다.

아마도 구 등은 긴장했을 것이다. 학교에서는 특별히 짬을 내어 자살 방지를 위한 교육 시간을 마련하기로 했다. 수험생들의 점심시간을 뚝 잘라내어, 강당에 밀어 넣고 청소년 자살방지위원회에서 높은 분을 모셔와 강의를 진행했다.

사실은 둘 다 타살이었다는 소문도 돌았다. 범인은 학교 경비원이 되었다가 선생이 되었다가 근처에 숨어 사는 연쇄살인범도 되었다. 제법 체계적인 저주도 만들어졌다. 모의고사 때마다 늘 같은 등수에 머물고 그것이 세 번 반복되면 가차 없이 살해당하고 만다는 것이다. 그 근거는 어디에도 없었지만 아이들은 그 소문에 쫓기듯 공부에 열중했다. 어쩌면 살해범이나 귀신과 상관없이, 제 성적이 이 상태로 머문다면 죽음보다 더 끔찍한 삶이 기다리고 있을 거라는 생각 때문일지도 몰랐다.

일호는 그런 소문이나 미신 따위 믿지 않았다. 그러나 그 홈에는 홀린 듯이 매료되었다. 홈을 발견한 다음 날, 무심코 제 뒤에 있는 책상을 다시 확인하기 위해 들여다보았을 때 무언가 변화가 생겼다는 것을 눈치챘다. 더 깊고 넓어진 것이다. 일호는 어릴 적 흉측한 모양의 곤충을 발견했을 때처럼 가슴이 뛰었다. 오직 혼자만이 발견한 것이었다. 그 기쁨은 수리영역 점수가 올랐을 때와는 전혀 다른 성질이었다. 일호로서는 이 홈의 정체에 대해 종잡을 수가 없었다. 일호는 검은 잉크의 모나미 볼펜 촉을 홈에 찔러 넣었다. 그 부피가 얼추 맞는지 모나미 볼펜은 비스듬한 상태로 홈에 꽂힌 채 서 있었다. 일호는 순간 화장실에 처박혀 있었다던 십 등의 솟은 다리가 떠올랐지만 이내 고개를 저었다.

몇 시간이 지나 보충 수업이 시작되었을 때, 신기한 일이 일어 났다. 그날의 보충 수업은 자습이었다. 지난 모의고사의 전체적 인 문제 난이도가 유난히 높았던 탓에 아이들은 오답노트를 만 들 시간이 턱없이 부족했다. 그래서 특별히 자습 시간을 준 것이 다. 아이들은 모의고사 시험지를 펼치고는 고전했던 문제에 대 해 이따금 소곤댔다. 선생은 대부분의 아이들이 함정에 빠졌던 문제들을 추려 칠판에 그 해석을 찬찬히 적어나가기 시작했다. 칠판에 흰 분필로 세게 힘을 주어 수식을 적었다. 매끄러운 칠판 표면에 닿은 분필의 마찰음이 점점 빠르고 크게 울렸다. 아이들 의 목소리가 묻힐 만큼 권위적인 소음이었다.

그사이로 일호는, 무언가 바닥에 떨어지는 소리를 들었다. 바 로 등 뒤에서 나는 소리였다. 그러나 바로 옆에 앉은 짝은 그 소리를 듣지 못한 채 칠판을 바라보며 정신없이 필기하는 중이었다. 일호는 조심스럽게 뒤를 돌아보았다. 빈 책상 위에 꽂아놓은 모나미 볼펜이 없어졌다. 그러나 마지막으로 그 볼펜을 보았던 게 언제였는지 정확히 기억나지 않았다. 바닥에 떨어진 볼펜이 없는 것으로 보아 쉬는 시간에 누군가가 빼갔을 수도 있었다. 그러나 일호는 분명 무언가 떨어지는 소리를 들었다.

어쩌면 환청이었을까. 일호는 고등학생이 된 이후로 한동안 중이염을 앓았다. 꽤 먼 자리에서 뭔가 떨어졌는데 그걸 일호의 귀가 착각해서 가깝게 느꼈던 것일지도 모른다. 그러나 일호는 자꾸만 바닥을 살펴보게 되었다. 볼펜은 떨어지는 순간, 어디로든 굴러갈 수 있기 때문이다. 사라진 볼펜은 늘 의외의 구석에서 발견되기 일쑤이다. 결국 일호는 한 문제에도 집중하지 못한 채, 쉬는 시간을 맞이했다.

그리고 자리에서 일어섰을 때 '그것'을 발견했다. 볼펜 하나 정도는 쉬이 빠져나갈 정도로 뚫려버린 구멍을. 그 까만 구멍은 새까맣고 작은 동공처럼 일호를 마주 보고 있었다.

학교 측은 두 명이 죽은 뒤, 또 다른 불상사를 막기 위해서 야간자율학습을 잠시 중단하고 아이들을 서둘러 집으로 돌려보냈다. 그것은 마치 아이들이 학교에서 뛰어내릴 만한 시간을 주지 않기 위한 것처럼 보였다. 떨어질 것이라면 동네 아파트나 상가 건물의 옥상을 선택하길 바라는 듯이 그저 아이들을 학교 밖으로 내보내는 것에 열중했다. 열한 시 반까지는 누구도 학교 교문 안에 남아 있지 않도록 주의시키는 안내 방송이 반복되어 흘러나왔다.

낮에는 교문 앞에서 아이들의 죽음에 대해 진상을 밝히길 원하는 사람들이 시위를 이어갔다. 죽은 아이와 관련된 최측근들이었다. 그들에겐 더 이상 수험생인 가족이 없다. 그러나 학교 안에는 수많은 수험생이 있었고, 그 아이들도 대부분 부모가 있었다. 그리하여 곧 시위에 대한 반대 시위가 이어졌다. 몸싸움도 서슴지 않았다.

그들에게는 각자 꼭 지켜야만 하는 것이 있었다. 경찰을 불러 사태를 진압하고 카메라맨들도 차를 타고 그 뒤꽁무니를 쫓아갈 때쯤, 학교 건물만이 초라하게 남았다. 학교는 몸살을 앓고 있었다. 학생들은 모두가 고단했다. 시위하는 사람들 중에서 자신의 부모를 발견했을 때에는 이루 말할 수 없는 스트레스를 느꼈다. 그런 스트레스가 어떤 성분으로 이루어져 있는지는 모르나 확실한 것은, 그들이 자신들의 부모와 죽은 두 명의 아이를 한심하게 생각하기 시작했다는 것이다. 알 수 없는 증오가 가슴에 깊은 홈을 새겼다.

D-102. 일호가 점심시간에 매점에서 빵과 우유로 끼니를 때우고 돌아왔을 때, 몇몇 아이들이 교실 뒤쪽에서 웅성거리고 있었다. 가까이 다가간 일호는 뒤통수들 사이로 완전히 박살나버린 사물함 문짝을 보았다. 그것은 교실 한가운데에 내팽개쳐져 있었다. 일호는 십일 등의 사물함이 애초에 자물쇠로 잠겨 있었는지 그렇지 않았는지 기억나지 않았다. 문짝을 잃은 사물함이 빠진 이처럼 다른 사물함들 사이에 검은 구멍으로 끼어 있었다. 그 안에는 산처럼 쌓은 문제집이 깊숙이 박혀 있었고, 그 앞으로 송장처럼 칫솔 하나가 누워 있었다. 모두들 그 사물함 속 내용물을 확인하고 나서야 그것이 처음부터 목적이었다는 듯이 제자리로 돌아갔다. 일호도 점심시간의 끝을 알리는 전자음이 울리기 전에 자리에 앉았다.

　"범인이 누구냐."

　선생은 물었다. 그러나 교실 안은 소름 끼칠 정도로 조용했다. 선생은 질문을 바꿨다.

　"주동자가 누구냐."

　아무도 손들지 않았다. 아이들은 모두 약속이나 한 듯이 제 책상만을 내려다보고 있었다. 이런 시간 허비가 아까워 책상 위에 펼쳐진 교과서에서 지문을 읽고 있는 아이도 있었다. 선생은 반 모두가 범인이라고 의심하는 눈빛으로 교실 안을 노려보았다. 그러곤 수능이 얼마 안 남은 시점에서 소란을 피운 것을 비난했다. 선생의 설교는 지난번 모의고사 반 평균 이야기로 넘어갔고 아이들은 늘 그랬듯이 침묵했다. 전교 십일 등이자 반에서 사 등을 하던 아이가 빠져버렸으니 반 평균이 낮아진 것은 당연한 일이었다. 마지막으로 선생은, 힘든 일을 겪으면 사람은 더 강해진다는 말로 격려하며 아이들을 다독이기 시작했다. 그러나 분노는 소리 없이 공기 중을 기어올랐다. 아이들은 이제 반 평균이 내려간 것부터 시작해서 자신들의 사기가 내려간 것까지도 십일 등의 탓이라고 생각하기에 이르렀다. 일호는 자신이 쓰레기통에 버린 납작한 우유팩 위에 칫솔 하나가 버려져 있는 것을 발견했다.

그때 뒷자리 책상의 구멍은, 두꺼운 형광펜 두 개가 들어가고도 남을 정도로 커져 있었다. 일호는 제 필통 안에서 가위를 꺼냈다. 가위의 넓은 귀 부분을 위로 가도록 해서 접힌 가윗날 쪽을 그 구멍 안으로 찔러 넣었다. 뾰족한 날 부분은 무리 없이 구멍 속으로 빠져 들어가고 손잡이인 귀 부분의 너비 때문에 아슬아슬하게 책상에 걸쳐지는 모양이 되었다. 일호는 수업 내내 그 가위에 대해서 생각했다. 눈은 칠판과 책상을 오가며 문제 풀이를 이해한 듯이 고갯짓을 하는 모양새였지만 일호의 모든 신경은 등 뒤에 가 있었다. 이따금씩 가위가 흔들리는 소리가 들리는 것 같았다. 무료한 시간을 긴장으로 조여 매는 소리였다. 아이들은 백 일 정도 남은, 도무지 실감나지 않는 결전의 날을 떠올리기 위해 애썼지만 몸은 자꾸만 늘어지고 정신은 나른하게 풀렸다. 그런 아이들에게 어떻게든 자극을 주기 위해 선생은 더욱 심한 말과 체벌을 가했다.

"그렇게 축 쳐져서 있는 게 목표라면 그냥 죽어. 시체는 공부 안 해도 된다."

죽음을 곁에서 본 아이들은, 그 분노를 학구열로 승화시키기 위해 마음을 다잡았다. 분노와 다름없는 무차별적인 에너지가 성공적인 수학 능력의 기초적인 요건이기 때문이었다. 선생은 그 에너지에 불을 지피기 위해 이따금 아이들을 복도에 부등변삼각형 꼴로 엎어놓고 넓적다리 뒤쪽을 매우 쳤다. 아이들이 수능에서 홈런을 치기를 바라는 염원을 담은 매질이었지만 방망이에 맞는 아이들은 외야의 펜스를 넘어 아득한 어둠으로 내동댕이쳐지는 자신을 상상했다. 결국 이 게임의 승자는 누구인지 알 수 없었다. 그런 것에 대해 고민할 시간 역시 없기 때문이다.

일호는 같은 반인 십일 등이 죽고 난 다음 날, 석식을 먹은 후 반 아이들과 함께 장례식장에 다녀왔다. 선생은 아이들을 두 줄로 나란히 서도록 한 다음, 조문 중 주의할 점에 대해서 일러주었다. 예의 없이 떠들거나 웃는 학생이 있다면 가만두지 않겠노라고 으름장을 놓았다. 아무도 선생의 염려처럼 떠들거나 예의에 어긋나는 행동을 하지는 않았지만, 이 시간이 아깝다고 생각하는 아이들은 더러 있었다. 그런 생각을 하지 않는 쪽은 지겨운 책상 생활에서 잠깐 벗어날 수 있어 좋다고 생각하는 아이들이었다.

십일 등에게 친구가 있었을까. 흰 상복을 입은 십일 등의 어머니는 새까만 교복 재킷을 입고 일렬로 들어와 절을 하는 아이들을 보자 무너져 내렸다. 선생은 깊이 머리를 숙여 조문하고 무언가 위로의 말을 꺼냈지만 어머니는 새까만 아이들의 시선을 원망하는 것처럼 바닥에 널브러져 울었다. 왜 누구 하나 말리지 못했느냐고 소리쳤다. 어머니는 십일 등이 밥상에 앉아 깨작깨작 젓가락질을 하는 모습과 방으로 들어가는 뒷모습뿐이 보질 못했다. 언제나 짧은 찰나로 곁을 지나가는 아들에게서 별다른 점을 발견할 시간이 없었다.

선생은 조문 후 십일 등과 가장 친했던 녀석이 누구냐고 물었다. 모두가 서로를 두리번거렸다. 십일 등의 짝이었던 아이가 어색하게 손을 들었다. 그러나 그건 으레 그러기로 정해져 있는 절차에 불과했다. 옆자리에 앉아 있었기 때문에 책임져야 하는 순간이었다. 손을 든 아이만 남고 나머지는 다시 학교로 돌아갔다.

일호는 생각했다. 만약 내가 죽는다면 누가 손을 들까? 모두가 침묵하기 전에 손을 들어줄 사람이 있을까? 졸업하는 순간부터 모두는 서로의 곁에 앉지 않는다. 놀랍게도 그들은 뿔뿔이 흩어질 수 있었다. 한 다스의 연필처럼 교실 안에 들어 있지만, 사실은 모두 개별적인 존재인 것이다.

차가운 소리를 내며 가위가 떨어졌다. 반사적으로 뒤돌아보았지만 어디에도 제 가위는 없었다. 확신이 들었다. 일호는 심장이 뛰는 것을 느꼈다.

집에 돌아가서도 '그것'에 대한 생각뿐이었다. 일호는 쉬이 잠들지 못했다. 아무도 모르는 것을 혼자만이 알고 있는 은밀한 쾌감은 생각보다 진한 것이었다. 모두가 소리 죽여 탄식하는 3점짜리 주관식 문제를 홀로 알아 또박또박 적어 넣는 기분이었다. 그러나 그럴 기적은 일어나지 않을 것이다. 비현실적인 일이었다. 불법 과외를 받는다고 해도 가능성이 낮았다.

실제로 불법 과외는 흔히 벌어지고 있었다. 학생이 교복을 입은 채로 시내의 호텔 입구로 들어가는 것을 봤다는 신고를 받았지만 학교 측은 개인 사정에 의한 일인 것으로 함묵했다. 집중력을 방해하지 않을 정도로 시동이 조용하게 걸리는 수입 차량에 앉아 태블릿PC로 강의를 들으며 이동하며 고액 과외를 받는 우등생들은, 학교의 가장 우수한 고객이나 마찬가지였다. 그런 것쯤은 눈감아주는 것이 다수를 위해 좋은 일이었다. 오히려 그들의 부모는 신고자의 신상 공개를 주장했다.

일호의 어머니는 그들 앞에서 깊이 허리 숙여 사과했다. 학교 측은 신고자가 어떤 학생의 어머니인지는 비밀로 해주었다. 만약 그것이 밝혀졌더라면 옥상에서 떨어지거나 개수대에 잠겨 있는 것은 다른 누가 아닌 일호가 되었을지도 모를 일이었다.

일호의 어머니는 수재를 낳았다고 믿어 의심치 않았다. 구구단을 남들보다 조금 일찍 암기한 것이 화근이었다. 형편이 넉넉하지 않았지만 공교육만으로 서울대 법대에 합격한 소녀 가장의 인터뷰가 어머니에게 본보기가 되어주었다. 눈이 마주칠 때마다 어머니는 확신이 담긴 눈빛으로 고개를 주억거렸다. 일호라면 해낼 것이라고 믿고 있었다.

교무상담실에서 허리가 굽어지도록 사과를 하고 나온 어머니를 멀거니 바라보다가 일호는 뒤돌아서서 교실 쪽으로 걸어갔다. 성적표를 손에 구겨 쥔 채 눈물로 호소하는 어머니의 얼굴을 보아도 일호는 별다른 감정을 느끼지 못했다. 잔뜩 구겨진 미간과 젖어 있는 어머니의 눈매를 관찰할 때면, 어머니가 콩트를 연기하는 배우처럼 느껴졌다. 웃음을 참느라 힘들었던 것도 한두 번이 아니었다. 일호가 교실 앞쪽 책상에 앉는 일은 절대로 없을 거라는 사실을 어머니만 모르고 있는 내용의 연극이었다. 일호는 그 반복되는 공연에 쉽게 질렸고 고단했다.

"일호야, 집에서 뭘 해주면 될까?"

어머니의 연기는 늘 절정이었고 양보가 없었다.

"아무것도 없어요."

고개를 저었다. 문지방을 밟고 선 일호의 그림자를 붙잡고 어머니는 끝까지 열연했다.

"집에서 할 수 있는 건 뭐든 할 테니까, 응?"

"아무것도 하지 마세요."

"일호야."

"아무것도 하지 마세요."

온기를 전하는 것에 익숙하지 않은 이불을 몸에 덮으며 오랜만에 만끽하는 어둠 속에서도 어머니의 끝나지 않는 흐느낌이 들려왔다. 그러나 일호의 머릿속에는 그 구멍에 대한 생각뿐이 없었다. 내일은 어떤 물건을 넣어볼까. 지금의 넓이에는 무엇을 넣어야 알맞을까. 나날이 빠르게 커져가는 암흑 같은 구덩이가 눈앞에 아른거렸다. 그 속은 한쪽 눈을 감고 신중하게 들여다보아도 시꺼먼 어둠뿐이었다. 어쩌면 그것은 블랙홀의 입구와 같은 사차원적 공간이 아닐까.

새벽이 되자 방 밖에서는 어머니의 무대에 침입한 아버지와의 갈등이 시작되었다. 어머니는 울고 화내고 악을 써가며 일호가 원한 적 없는 것들을 당연한 듯이 아버지에게 요구했다.

두 사람은 일호의 성적에 대해 다른 관점을 가지고 있었다. 아버지는 그 성적표를 증거 삼아 어머니의 기대를 나무랐고, 어머니는 그 성적표를 증거 삼아 아버지의 무관심을 책망했다. 어머니는 절대로 일호에게는 화를 내지 않았다. 어머니를 울고 화내고 악에 받치게 하는 것은 오로지 일호의 성적표일 뿐이었다. 성적표가 거실 한가운데에 구겨져 부모의 연극을 관람하는 동안 일호는 잠이 들었다. 눈꺼풀 안쪽으로 깊이 파여 있는 어둠을 응시하며.

평소보다 이른 시간에 방문을 열고 나온 일호의 표정은 단호했다. 일호의 어깨에 내려앉은 먼지를 가볍게 털어주며 어머니는 눈물을 머금었다. 그러고는 무거운 책가방을 짊어지고 등교하는 아들이 작아질 때까지 바라보며, 안방에서 곯아떨어진 남편의 생명보험에 대해서 생각했다.

일호는 가방 안에 챙겨둔 운동화 한 짝의 무게를 등으로 느끼며 걸었다. 아무도 없는 교실에서 조금씩 넓어지는 그 구멍에 삼켜질 먹잇감이었다. 일호는 어둑어둑한 새벽 거리를 경보하며 교문을 지났다. 너무도 이른 시간이었다. 경비실에서 열쇠를 받아서 문을 열어야 했다.

빈 책상뿐인 교실에는 아이들의 머릿기름 냄새와 상한 우유 냄새, 젖은 채로 방치된 걸레 냄새가 버무려져 있었다. 일호는 익숙한 악취와 온기 속에서 숨을 깊이 내쉬며 그 책상 위를 살펴보았다. 일호의 예상이 맞았다. 밤새 그 구멍은 수박이 통과할 수 있을 정도로 커져 있었다. 일호는 고개 숙여 그 안을 조심스레 들여다보았다. 그러나 까만 어둠뿐, 아무것도 보이지 않았다. 손을 뻗어 손목까지 담가보았지만 아무것도 만져지지 않았다. 책상 서랍에 손을 집어넣는 기분과 비슷했다.

"아늑하네."

일부러 집에서부터 챙겨온 운동화 한 짝을 꺼내들었다. 주변에 아무도 없는 것을 확인하고는 조심스럽게 그 구멍 안으로 운동화 앞코를 집어넣었다. 그러곤 떨리는 손을 펼쳤다. 구멍 안에서 흰 운동화는 사라졌다. 일호는 행방을 알 수 없는 운동화를 찾기 위해서 책상 가장자리를 단단히 쥔 채로 구멍 안에 얼굴을 가까이 대고 살폈다. 그러나 아무것도 없었다. 그 사실이 일호의 마음을 평온하게 만들었다.

일호는 그 안에 더 깊이 머리를 담그고 싶었다. 그러나 오랜 시간 책상 앞에 앉아 있었던 탓에 목 근육이 경직되어 고개를 바싹 앞으로 숙이는 일이 쉽지 않았다. 겨우 목을 움직여 구멍 안에 얼굴을 들이밀었다. 등굣길에 찬바람을 맞아 얼어 있던 귓불까지 그 안에 담그자, 포근하게 감싸인 기분이 들었다. 절로 눈이 감겼다. 겨우 어미의 품에 안긴 어린 짐승처럼 그 온기에 몸을 떨었다. 자꾸만 더 깊숙이 들어가고 싶은 일호의 마음을 아는 듯이, 그것은 조금씩 벌어져 일호의 어깨가 들어갈 수 있을 만큼 넓어졌다. 일호는 무릎으로 책상에 기어올라 안간힘을 쓰며 몸을 구멍 안으로 구겨 넣었다. 그리고 구멍은 비소로 일호를 온전히 받아들였다. 일호는 그제야 십일 등의 마음을 이해할 수 있을 것 같았다.

끝없는 어둠이 일호를 품은 채 점점 작아졌다. 그리고 마침내 일호는 나무 책상 한가운데에 작은 홈으로 남았다. 수능이 다가오고 있었다.

여섯 번째로 어미의 뱃속에서 빠져나왔을 때 세상은 얼마나 차가웠던가. 나는 그 순간의 알싸한 핏물의 맛도 기억하고 있었다. 작은 몸을 옥죈 올가미 같은 인간의 손아귀에서 쏟아질 듯이 몇 번이나 흔들려 토악질했다. 입안에 머금고 있던 양수와 이물질 덩어리를 모두 내뱉고 나서야 나는 겨우 웅얼거리는 울음을 울었다. 그제야 나는 뜨뜻미지근한 공기를 콧구멍으로 빨아들이며 겨우 하나의 생명이 된 것이다.

어미는 아주 두텁고 너른 혀로 내 얼굴을 쓸어 핥으며 기운을 북돋아주었고 나는 다섯 마리의 형제들과 옴찔거리며 몸을 붙인 채로 물큰한 젖을 빨았다. 배꼽 끝에 매달려 있던 탯줄이 비비 꼬여 결국에는 말라비틀어질 때까지 나는 겨우 설사를 하고 다시 젖을 빠는 일상으로 내 몸속 가득 물을 흘려 넣고 쏟아내며 생식했다.

그때부터의 내 세상은 고소하고 포근한 냄새가 나는 골판지로 한동안 좌우가 뒤덮여 있었다. 나는 노를 젓듯이 네 다리로 바닥을 힘차게 밀치며 각진 모서리에 둥근 코를 박고, 뒤돌아서 어미의 보드라운 털로 뒤덮인 뱃가죽까지 돌아오는 모험을 계속하였다. 그사이 우리 여섯 마리의 형제 중에 가장 느리게 다섯째의 눈꺼풀이 떼여지기 시작했다. 그러나 겨우 한쪽 눈을 곁눈질하듯 뜨고는 이 세상에 그다지 마음에 드는 것이 없었던지 기어가던 모습 그대로 숨을 거뒀다.

"그래도 올해에는 구덩이를 하나만 파내면 되겠어."

혀를 끌끌 차면서 간밤에 딱딱하게 굳어버린 형제의 몸을 들어 올린 할배가 그렇게 말할 때에도 어미는 다섯째가 눈을 뜨리라는 희망을 버리지 않았다. 그러나 새벽까지 아무리 어르고 달래도 다섯째는 조금도 움직이지 않았다. 나는 말린 명태 냄새가 밴 종이 상자 너머, 그 밖의 울타리 너머에서 삽질을 하는 할배의 뒷모습을 보면서 내가 태어나기 전에도 수없이 죽어나갔을 형제들에 대해 생각했다.

나도 언젠가는 깊은 구덩이가 될까. 죽을 걸 알면서도 우리는 왜 그렇게 열심히 태어나고 젖을 빨아야 하는 걸까. 하지만 볕이 좋아 마당 구석구석까지 샅샅이 코로 훑으며 달릴 수 있는 날의 오후에는 그런 무거운 생각이 들지 않았다.

할배는 마당 가장자리에 돌담을 쌓고 고추와 깻잎을 길렀는데 고추는 뾰족하게 자라나 그 길쭉한 모양새로 호기심을 자극했다. 푸릇한 고추를 형제들과 씹어 먹다가 재채기를 하면 할배가 구석에서 삽을 꽂은 채 웅크려 앉아서 껄껄대고 웃으며 그 광경을 지켜보곤 했다. 그러다가 며느리가 대야를 들고 마당에 나오면 우리는 각자 흩어지듯 고추씨를 뿌리며 도망갔다. 날카로운 음성이 날아와 귓가에 꽂히기 전에 피하지 않으면 예민한 귀청을 다치기 십상이었다. 긴 산책의 끝은 언제나 한 마리씩 돌아가며 대문 옆의 둔덕을 밟고 코끝을 땅에 박으며 죽은 형제의 그리움을 맡고 돌아오는 것이었다. 울타리까지 돌아오는 그 흙 땅의 군데군데에 이미 폭 주저앉아 평평해져버린 많은 형제들의 흔적이 있겠지만, 우리는 알 수 없었다. 아직은 비 오는 날 천막을 두드리는 빗소리나 둥근 조약돌, 까맣게 무리 지어 기어가는 개미 같은 것에도 가슴이 마구 뛰었다. 나는 작고 까만 개일 뿐이었다.

"백구야, 그만 들어가라."

우리는 모두 쫑긋하고 짧은 귀와 긴 주둥이, 새까만 눈망울을 한 개였다. 그러나 길에서 이따금 만나볼 수 있는 평범한 개일지라도 내게는 다른 형제들에게는 없는 나만의 특징이 있었다. 축축한 검은 코부터 시작해서 온몸이 검다는 것이었다. 다른 형제들도 점박이이거나 황색 털로 뒤덮여 있고 혹은 흰 털가죽에 검은색과 황색으로 고루 얼룩져 있는 각자의 특징이 있었다. 우리는 서로 비슷하면서도 전혀 달랐다. 그러므로 자신만의 이름을 가질 자격이 있었다. 나는 눈동자와 귀 끝, 발바닥까지 온통 연탄재처럼 새까만 개였는데도 할배는 나를 백구라고 불렀다. 아름다운 이름이었다.

그해 봄, 내가 처음으로 배추흰나비를 만난 날에 진구가 태어났고 우리는 다시 여섯 형제가 되었다.

"아부부, 바바, 베부부."

진구는 짖는 것을 좋아했다. 언어가 되지 못한 울음이 입술 밖으로 침과 함께 흘렀다. 어미는 이가 나기 시작한 우리에게 깨물린 자국으로 젖이 붉게 늘어져 격리되었다. 우리 형제들은 그때부터 물에 불린 넓적한 사료를 먹기 시작했다. 진구는 며느리의 팔에 안겨서 철장 앞까지 우리를 만나러 왔다. 며느리는 개 털 알레르기가 있어서 우리가 가까이 다가가면 몸서리를 치며 도망을 가곤 했지만, 진구가 울면서 떼를 쓰는 데에는 당할 바가 없었다. 최대한 철장에서 멀리 떨어지려고 애쓰는 며느리와는 다르게 진구는 눈물에 젖어 통통 부은 눈으로 며느리의 품에서 얼굴을 쭉 빼고 우리와 눈을 맞췄다. 철장 사이로 호기심에 빛나는 새까만 눈과 옴찔거리는 코끝을 내민 형제들은, 이미 막내

진구를 좋아했다. 며느리가 잠든 틈을 타서 할배가 진구와 우리 사이의 걸쇠를 풀어주면, 누가 먼저랄 것도 없이 달려가 여린 발등과 손가락을 핥았다. 진구는 축축한 침을 흘리면서 입을 벌린 채로 오래도록 웃었고, 우리는 흙투성이가 될 때까지 마당을 뛰어다니면서 서로의 꽁무니를 쫓았다.

진구가 책가방을 메고 걸을 수 있을 무렵에 우리는 세 마리로 줄었다. 장이 서는 날, 두 마리의 형제를 골라 상자에 담아서 떠난 할배는 공책 뭉치와 작은 실내화를 가지고 되돌아왔고 철장 안은 턱없이 넓어졌다. 우리는 이제 서로를 구별하기 위해 애쓸 필요가 없어졌다. 남은 셋의 우리는 각자 체취도 생김새도 이름도 달랐다. 새까만 몸뚱이는 나뿐이었다.

"검둥이랑 같이 갈 거야."

"백구는 학교 못 가."

"아니야! 검둥이는 어디든 갈 수 있어!"

언젠가 진구와 나는 할배와 어미와 함께 뒷산에 올랐던 적이 있었다. 어미는 목줄이 묶인 내 뒤를 졸졸 따라왔고 목줄은 할배가 쥐고 있었다. 수풀 사이에서 실뱀을 발견한 것은 나였지만 뱀의 모가지를 발로 짓밟아 제압한 것은 할배였다. 그러나 할배는 어미의 찢어지는 울음소리를 들은 후에야 뱀의 존재를 알아챘고, 뱀은 숨통이 끊어지기 전에 적의 발목을 물어뜯어 피를 봤다.

내 어미는 그날 밤을 넘기지 못했다. 뱀은 납작하게 눌린 모습으로 할배의 창고 처마에 매달렸지만 어미는 뒷산에 묻혔다. 그때에도 나와 진구는 함께 갔다. 우리가 뒷산까지 가야 했던 것은, 마당에 큰 개가 묻히는 것이 끔찍하게 싫다고 했던 며느리 때문이었다. 며느리는 한국말을 잘하지 못했는데 두 팔로 제 어깨를 껴안고 짜증을 부리는 그 의사 표현은 정확했다.

어미를 구덩이에 깊이 묻고 돌아오는 길에 진구는 나를 품에 들어 안은 채로 뜨거운 눈물을 내 머리 위로 뚝뚝 떨어뜨렸다. 진구의 짧고 가느다란 팔은 내 허리춤 아래로는 지탱해주지 못해서 나는 두 다리와 꼬리를 시계추처럼 축 늘어뜨린 채로 어미 없이 집까지 돌아왔다.

"진구, 엄마 말 안 들어?"

"그래! 진구는 남자니까 아버지 말만 들을 거야!"

혼을 내려고 빗자루를 들고 따라다니는 며느리를 피해서 진구는 마당을 두 바퀴나 돌고는 대문으로 들어서는 할배의 품에 폭삭 안기며 숨이 넘어가게 울음을 터뜨렸다. 할배는 진구가 울면 무조건 며느리에게 호통을 쳤고 며느리는 입을 다물었다. 그때 셋 남은 형제 중에 얼룩덜룩한 땡구를 데려다가 기르기 위해서 찾아온 이웃 할멈이 있었는데, 그 할멈은 얼굴이 새까만 그녀에게 '며느리'라는 별명을 처음 붙여준 사람이었다. 처음 그 별명은 '며느리뻘'이었는데 나중에는 '뻘' 자가 빠지고 모두가 그녀를 '며느리'라고 부르기 시작했다. 사람들은 동네에 처음 시집온 외국 여자가 고집이 아주 세다며 그녀를 코앞에 두고 수군댔다.

진구는 결국 학교에 혼자 갈 수밖에 없었다. 진구가 원하는 것은 뭐든 들어주는 할배도 나와 진구가 함께 학교에 가는 것만은 허락해주지 않았다. 진구는 대문 앞에서 네모난 가방을 멘 채로 몇 번이나 뒤를 돌아보며 망설이다가 길을 걸어갔다. 그러나 그것도 처음에만 있는 일이었다. 진구는 학교에 가는 걸 즐기기 시작했고, 나는 하나 남은 형제와 함께 울타리 안에서 하루 종일 뒹굴거나 할배를 따라 밭으로 가며 시간을 보냈다. 진구는 대문을 넘나들면서 금세 키가 훌쩍 자랐다. 얼굴은 그대로였는데 무릎이 한참이나 높아졌고 철장 속으로 뻗어 들어오는 손가락도 길어졌다.

나는 알 수 있었다. 우리는 모두 점점 변해가고 있었던 것이다.

울타리 안에서 함께 지내던 단 한 마리 남은 형제는 암컷이었다. 우리 중 가장 먼저 태어났던 일구였다. 이따금 일구는 할배를 따라 장에 갔다가 낯선 수컷의 냄새를 온몸에 묻힌 채 돌아오곤 했다. 그러던 와중에 일구의 배가 부풀어 오르기 시작했고 종내 바닥에 젖꼭지가 쓸릴 정도가 되었다.

일구의 첫 출산은 곁에서 지켜보기에도 고통스러웠다. 그러나 일구는 지푸라기가 가득 깔린 창고 구석에서 훈훈한 김을 내면서 의연하게 산고를 견뎠다. 나는 제자리에서 빙글빙글 돌면서 시간을 허비하는 것밖에 할 수 없었다.

비릿한 핏덩이는 모두 넷이었다. 그들은 꼬물거리며 쉬지 않고 상자 안을 기어 다녔다. 그리고 젖을 떼기도 전에 네 마리 모두 한꺼번에 시장에 팔려갔다. 학교를 다니기 시작한 진구에게는 돈이 많이 들었다. 진구는 뭐든 플라스틱으로 된 것은 그게 총이든 비행기든 사고 봐야 직성이 풀렸다. 할배는 팔 수 있는 것은 눈에 불을 켜고 찾아다니며 팔았다. 진구의 손에 뭐든 쥐어주기 위해서 할배는 쉴 새 없이 움직였다. 이따금 돌담 옆에서 고추를 따다가 곁에 있는 내 머리를 쓰다듬을 때에야 겨우 한숨을 돌리곤 했다. 내 머리를 쓰다듬는 할배의 손바닥은 거칠고 딱딱하기가 땔나무와 다를 바 없었지만 그래도 나는 그 온기를 사랑했다. 할배는 잘 웃는 사람이었다. 그러나 며느리가 마을회관에서 이따금 열리는 한글학교에 나가는 것만은 지극히 싫어했다. 며느리는 한국말을 따라 할 줄은 알았지만 글을 쓰고 읽을 줄 몰라서 이제 막 받아쓰기를 시작한 진구에게 늘 놀림을 받았다. 진구는 싫어하는 연근이나 시금치를 며느리가 먹이려고 할 때나 발을 닦으라고 할 때에 마당에 나와서 딴청을 피우다가 며느리에게 그 단어를 써보라며 공책을 들이밀었다. 그래서 며느리는 한글학교가 열리는 날만 되면 마당을 쓸고 우리에게 다가와 손수 찬밥 섞은 사료도 먹이고 마당 한편에 큰 대야를 놓고 앉아서 겉절이도 만들었다. 이른 새벽부터 일어난 할배를 따라다니며 평소보다 바삐 움직이고 눈치를 살폈다. 그래도 할배는 며느리를 대문 밖으로 혼자 내보내지 않았다. 할배는 자주 장에 나가고 진구를 업은 채 고개도 넘고 이따금 수육 몇 점을 길에 던져주며 일구와 나를 데리고 동네 마실을 다니기도 했지만, 며느리와는 밭에 나갈 때 빼고는 함께 가지 않았다. 한글학교 얘기만 나오면 불같이 화를 냈다.

"나는 사람 아니야."

한밤중에 슬그머니 마당으로 빠져나와 서성이다가 며느리가 중얼거렸다. 그러곤 알아들을 수 없는 이국의 언어로 울었다. 모든 울음은 가엾다. 며느리는 사람이 맞을 것이다. 그런 말을 하는 것은 사람뿐이기 때문이다.

"나는 사람 아니야."

개도 뱀도 닭도 그런 일로 울지 않는다. 오직 사람만이 그렇게

운다. 며느리는 찬바람으로부터 저를 지키기 위해 두 어깨를 감싸 안으며 철장 앞에서 서성였다. 일구는 잠에서 깨어 꼬리를 흔들며 그런 며느리에게 아는 체를 했지만, 그녀는 어둠 속에서 눈빛으로만 나를 바라보고 있었다. 한참을 그렇게 바라보다가 다시 조용히 마루를 지나 방에 들어가고 나면 아침이 왔다.

진구는 집에 있는 시간보다 대문 밖에서 지내는 시간이 길어졌고, 할배는 잠에 빠지면 흔들어 깨우기 전까지는 좀처럼 깨어나지 못했다. 할배는 며느리와 함께 시내의 한의원에 다녀오면서 독특한 풀 냄새를 풍기는 한약을 한 상자씩 짊어지고 들어왔다. 짐을 드는 일은 며느리가 도맡아서 했다. 기운이 센 며느리는 밭에서 거둔 생콩 자루를 끌어안고 창고까지 단번에 옮기곤 했다.

하지만 짐을 다 싸놓은 가방을 창고 구석에 숨겨두고도, 캄캄한 밤이 되면 그 짐을 한 발자국도 옮기지 못했다. 겨우 짐을 들고 살금살금 마당을 지나도 처음 등교하던 날의 진구처럼 대문 앞에서 자꾸만 뒤를 돌아봤다. 그사이 할배와 꼭 닮아 문밖으로 울릴 정도로 코골이가 심한 진구가 고롱고롱 콧소리를 내면, 며느리는 다시 무거운 발걸음으로 창고에 짐을 놓고 아무 일도 없었던 듯이 집 안으로 돌아갔다.

그런 광경을 지켜보던 몇 해, 일구는 두 번째로 자식을 보았다. 이번에는 우리 형제들이 그랬듯이 여섯 마리가 태어났다. 핏덩이들이 눈을 뜨면 어느 순간 빼앗겨버린다는 것을 기억하고 있던 일구는 신경이 예민해져 여섯 마리의 자식을 품고 있다가 할배가 다가오면 위협했다. 그래도 할배는 화를 내지 않았다. 노산에 접어든 일구에게는 어쩌면 이번이 자식을 품어보는 마지막 기회인지도 몰랐다. 할배는 일구의 자식들을 시장에 내다 파는 것도 어느 순간 그만두었다. 그러나 할배는 나와 내 형제들에게 그랬듯이 여섯 마리에게 이름을 붙여주지는 않았다. 그들 각각을 구별할 수 없었기 때문이다. 할배는 가끔 유령처럼 빠르게 대문 밖으로 오가는 진구에게 여보, 부르기도 했고 며느리가 대문 안으로 들어오면 진구야, 부르기도 했다.

진구는 교복을 맞춰 입은 뒤로는 집에서 말수가 적어졌고 할배는 자주 호통을 쳤다. 급기야 시내에 나간 채로 밤새 돌아오지 않는 진구 때문에 동네 이장의 장남 승용차를 타고 할배와 며느리가 시내로 진구를 찾으러 나간 새벽도 있었다. 옆집 닭 우는 소리만 이따금 들려오는 고요한 새벽이었다. 아침이 밝아오고 나서야 세 사람은 대문 안으로 엮인 굴비처럼 연이어 들어왔고, 늦은 저녁밥 짓는 냄새가 날 때까지도 집 안은 초상이 난 듯 정적이 흐를 뿐이었다.

"진구야, 엄마 얘기해."

"무슨 얘기. 제대로 말이나 할 줄 알아?"

"진구야, 제발. 엄마 얘기해."

"차라리 도망이라도 가지 그랬어."

흰 머릿가죽이 보일 정도로 머리카락을 짧게 자른 진구는 교복 넥타이를 풀어 마루로 던졌다. 진구가 창백할 정도로 하얀 얼굴로 며느리를 바라보며 그렇게 말했을 때, 아무리 시간이 지나도 여전히 얼굴이 까만 며느리는 입을 다물었다. 진구는 며느리보다도 훨씬 힘이 세져서 아무 망설임 없이 묵직한 짐 가방을 들고 대문을 넘어갔다. 할배는 마루에서 부채를 던지면서 윽박질렀는데 흰 한지를 덧붙여 만든 부채는 날개가 부러진 비둘기처럼 멀지 않은 곳에 폭삭 주저앉듯이 떨어졌다. 며느리는 진구의 짐 가방에 매달려 대문까지 질질 끌려갔지만 결국엔 대문 밖에 홀로 남아 목을 놓아 울었다. 일구는 귀를 접고 꼬리를 내린 채로 그녀를 따라 울었고, 나는 철장 구석에서 부채를 주워 쥔 채로 며느리에게 다가가는 할배의 매서운 눈빛을 보았다.

일구의 어린 자식들은 한참 뛰어다니며 무엇이든 주둥이에 집어넣고 씹어대곤 하는 시기였기 때문에 나와 일구와 함께 철장에 갇혀 밤을 보냈다. 새벽이 될 때까지 집 안에서 며느리가 울부짖었다. 실뱀에게 물렸던 내 어미가 떠올랐다. 며느리를 놀리고 싶어서 틈만 나면 뒷짐 쥐고 대문을 넘어오던 이웃의 할멈도 그 소란에는 찾아오지 않았다.

어둑하고 조용한 새벽에 며느리는 조용히 마당으로 빠져나왔다. 달빛이 비추는 그녀의 눈가에는 시퍼런 멍이 그늘처럼 져 있었다. 개털 알레르기가 있는 그녀가 철장 앞으로 다가왔다. 일구가 몸을 동그랗게 말고 서로 부대끼며 잠든 자식들 곁에서 옹송그린 채로 꼬리를 말았다. 며느리는 철장의 걸쇠를 풀었다.

"가야지."

결말을 아는 사람처럼 며느리가 철장 문을 활짝 열었다. 일구는 잠에서 깨어 낑낑거리며 저마다 철장 문턱 밖으로 기어 나오고 싶어서 발버둥을 치는 뽀얀 자식들 곁에 붙어 선 채 어둠 속의 며느리를 올려다볼 뿐이었다. 철장 바깥이 어떤 세상인지 아무것도 모르는 여섯 마리의 강아지는 그저 맹목적으로 앞으로 나아가기만을 원하고 있었다.

울타리 밖으로 나가고자 하는 마음은 모든 짐승의 본능인 것일까. 나는 오랜 시간 뛰놀았던 마당으로 성큼 앞발을 내밀었다. 며느리는 철장 앞에서 뒷걸음치듯이 조금 물러났다. 진구가 빠져나간 대문은 그대로 열린 채였다. 이제는 다물 힘도 잃어버린 할배의 틀니 빠진 입처럼 힘없이 벌어져 있었다. 할배는 잠들었을까. 집 안은 조용했다. 며느리는 초연한 표정으로 대문까지 걸어가는 나를 바라보고 있었다. 일구는 촘촘한 철창 안에서 그물에 갇힌 물고기처럼 팔딱이는 눈빛을 보냈다. 혈육을 잃는 일에 익숙한 우리는 눈빛으로 인사를 대신했다.

그 뒤로는 걷고 또 걷고 앞으로 걸어가는 것이 전부인 시간이었다. 태어났을 때부터 그랬다. 젖을 빨고 또 빠는 형제들 틈바구니에서 도태되면 그대로 죽음뿐인 것이다. 눈앞에 있는 일을 묵묵히 반복하는 것이 삶이었다. 다만 가끔씩은 선택이 필요했다.

인적이 드문 큰길은 뒷산으로 향하는 길목에서 갈라지는데, 그 갈림길부터는 세상이 둘로 나뉜다. 진구는 뒷산이 아닌 시외로 향하는 길로 떠났을 것이다. 진구의 발자국이 남아 있을 것 같은 흙길에 코를 박으며 나는 가보지 않은 길을 걸었다.

새벽 동이 터오자 큰 도로가 펼쳐졌다. 거칠고 딱딱한 할배의 손바닥 같은 땅 위를, 힘껏 딛고 뛰었다. 벌어진 주둥이 사이로 긴 혀가 나부끼는 것을 느끼며 앞으로 아무리 나아가도 길은 끝이 없었다. 커다란 트럭이 재빠르게 스쳐갔다. 매연이 퍼진 매캐한 도로 곁, 우거진 갈대가 바람에 넘어지며 길을 터주었다. 목이 마른 순간에는 움푹 팬 땅에 오줌을 누고 핥았다. 방금 눈 오줌은 뜨끈하고 고소한 향이 났지만 씁쓸한 맛이었다.

왼쪽 뒷다리가 부은 통증에 절뚝거리며 주저앉았을 때 소형 트럭이 멈춰 있는 것을 발견했다. 트럭 주인은 불룩한 자루가 쌓인 트럭에 기대어 서서 담배를 태우고 있었다. 그가 잡초 사이에 자라난 달맞이꽃 잎을 뜯어 먹으려고 하던 나를 바라보았다.

"어디까지 갈 테냐."

남자는 물었다. 그러곤 담배꽁초가 아주 짧아질 때까지 한참 연기를 내뱉다가 꽁초를 도로에 떨어뜨렸다. 그가 가까이 다가오자, 오랫동안 씻지 않아 진해진 땀내가 그의 작업복 바지에서 흘러왔다. 그가 나를 트럭 짐칸에 태웠다. 사방을 둘러싼 자루 안에서는 쌈싸래한 고추 향이 났다. 마당에 돗자리를 펴놓고 빨간 고추를 말리던 며느리와 돗자리 가장자리로 뛰어다니던 진구의 어릴 적 모습이 떠올랐다. 그땐 잠자리를 쫓으며 뛰어다니던 진구가 언젠가 대문 밖으로 떠날 날이 올 거라곤 생각하지 못했다.

진구도 이 길을 달렸을까. 포장도로가 고르지 못해서 트럭 짐칸은 이따금 덜컹거렸다. 휴게소에 접어들자 트럭이 주춤거리며 양옆을 막아선 차들 사이에 몸을 맞추기 위해 뒷걸음쳤다. 시동이 멈추고 남자는 나를 바닥에 내려주었다.

"여긴 좀 먹을 게 많을 거다."

그러고는 다시 담배를 한 대 꺼내 태우며 유유히 걸어갔다. 나

개

는 남자를 따라가지 않았다. 축제라도 된 듯이 주변이 아주 시끄러웠고 온갖 음식 냄새가 바람을 타고 흘러왔다. 잇자국이 남은 채로 떨어져 있는 소시지와 꼬챙이에 남아 있는 닭고기의 살점에 이끌려 걸었다. 커피가 쏟아져 얼룩이 생긴 층계 쪽으로 어린아이가 다가왔다. 고개를 들자 하얗고 작은 손가락이 뻗어와 내 코를 어루만졌다. 그때 아이 엄마가 비명을 지르며 달려와 단번에 아이를 안아 올렸다. 그 바람에 그녀가 들고 있던 종이컵이 바닥으로 떨어졌다. 알 감자가 사방으로 굴러떨어져 내려왔고 나는 그중 한 알을 재빠르게 낚아채서 깨물었다. 뜨거운 김이 나는 보드라운 감자였다. 아이가 칭얼대며 멀어져 갔다.

시끄러운 음악이 흐르는 그곳에는 셀 수도 없이 많은 사람들이 바삐 지나다니고 있었다. 흘깃거리는 시선을 느꼈지만 누가 다가와 내 몸을 들어 올리는 일은 없었다.

"이제 그 얘기는 그만 좀 해."

늘어선 쓰레기통 곁에서 여자가 뽀얀 김이 올라오는 종이컵을 쥔 채로 말했다.

"언제까지 기다리란 말만 할 거야? 내가 당신 출장에나 따라다니는 파트너라도 되는 줄 알아? 시골에서 데이트하는 거 나도 질릴 만큼 질렸어."

"아직은 집사람한테 얘기할 때가 아니라서 그래."

"유방암? 자궁암? 그것 때문에 그래? 나도 아파. 내 맘 아픈 건 왜 몰라?"

남자는 층계 아래로 여자의 팔을 잡아끌면서 며느리가 진구를 달래 재울 때 그러듯이 쉬이, 쉬이, 바람 소리를 냈다. 졸음이 쏟아졌다. 이곳은 바쁘고 시끄러운 세계였다. 사방이 트여 있어 길다운 길이 없었다. 나는 그저 눈앞을 향해서 걸었다. 사람들의 다리에 몸이 스칠 때마다 화들짝 놀라는 것은 오히려 내 쪽이었다.

"너 거기 그것 좀 주워 먹어라."

휴게소 화장실 앞에 줄을 늘어선 사람들을 피하던 도중이었다. 건물 뒤쪽에 웅크리고 앉은 노인이 말을 걸었다. 손짓하는 손끝에는 새까만 순대 한 점이 떨어져 있었다. 딱딱하게 식어 냄새가 잘 퍼지지 않았다. 그러나 입안에 넣고 씹자 돼지 내장의 비릿한 맛에 군침이 돌았다. 순대 한 점이 앞발 쪽으로 또 하나 떨어졌다. 노인은 검은 비닐봉지에서 돼지 간을 꺼내 앞니로 씹으며 나를 지켜보았다. 나는 또다시 순대를 주워 삼켰다. 좀 더 가까이 다가갔다. 노인은 낡은 보자기로 머리를 감싸고 두터운 코트를 입고 있었다. 밑단이 긴 코트가 바닥에 쓸려 새까맣게 먼지로 뭉쳐 있었다. 얼굴 가죽이 바닥으로 흘러내릴 것처럼 주름이 늘어진 노인은 나를 가만히 살펴보다가 웃었다.

"너 정말 까맣구나. 이 깜둥이 녀석아."

우는 것처럼 잔뜩 찌푸린 표정이었지만 아랫니가 몇 개나 빠져 웃는 소리가 꼭 휘파람 같았다. 노인은 바람을 쓸고 가듯이 코트를 펄럭이며 일어나 짐을 챙겼다. 먼 길을 떠나온 사람 같았다.

노인의 뒤를 따라서 고속도로 휴게소 벗어나서 한참 걸었다. 노인은 몇 걸음에 한 번씩 나를 돌아보았다. 그러곤 바닥에 생수를 조금 부어주거나 다시 차게 식은 순대를 한 점 던져주었다. 나는 노인을 따라 낯선 동네로 갔다.

노인의 집에는 마당이 없는 대신 끝없이 이어지는 계단이 있었다. 노인은 두 계단에 한 번씩 무릎을 짚고 쉬었다. 한참 만에 올라선 집 문 앞에서 나는 망설였다. 노인은 문을 활짝 열어두었다. 곰팡이 냄새가 나는 벽지는 축축했고 나는 노인이 벗어둔 코트 위에서 몸을 말고 잠이 들었다.

"담배 가져와."

채널이 하나뿐이 틀어지지 않는 티브이 쪽을 손짓하며 노인이 말했다. 티브이 밑 서랍장에 박혀 있는 담뱃갑을 물어다가 가져다주면 노인은 눈을 가늘게 뜨고 흡족한 표정을 지었다. 그러고는 고쟁이 안에서 라이터를 불쑥 꺼내 떨리는 손길로 담뱃불을 붙였다. 온 방 안에 뿌옇게 차는 그 연기는 노인의 숨결이었다. 노인은 재떨이에 침을 독처럼 쏘아대고 자주 천장에 대고 욕지거리를 내뱉었다.

"시팔!"

귀가 예민한 나는 이따금 움찔거리며 잠에서 깼지만 노인은 어둠 속에서 손을 뻗어 내 털을 손끝으로 몇 번이나 만져보고 나서야 다시 잠이 들곤 했다.

외로운 사람에게서 나는 냄새를 안다. 어느 날 밤에는 할배도 죽고 일구도 죽었으리라는 생각이 들었다. 며느리가 할배와 일구를 마당 깊숙이 파묻어주고 창고에 숨겨두었던 짐을 짊어진 채로 마당을 빙빙 돌아다가 대문 밖으로 떠나는 모습을 상상했다. 사람은 대야 가득 물을 담아 피부를 씻어내고 나면 체취가 없어지는 줄 알고 있지만, 구덩이가 될 때까지 그들은 오랜 시간 계속 같은 냄새를 풍긴다. 잊지 못한 옛 기억의 냄새를 코끝에 품고 산다.

"딸년이 꼭 그랬지. 깜둥이 네 녀석처럼 그렇게 만날 나만 바라보면서 졸졸 따라다녔어. 젖내 나는 뺨을 들이밀고는 시도 때도 없이 안아달라고 조르곤 했지. 나는 그게 영영 그럴 줄 알았지 뭐야. 뭐든 그 작은 주둥이에 먹이고 또 먹이고 그렇게 영영 사는 건 줄 알았지."

노인은 팔지 못한 순대를 뭉텅이로 비닐 위에 얹어 내 앞에 밀어주고 다시 부엌에서 순대를 만들었다. 얇은 돼지 창자 가죽에 당면과 비릿한 선지를 섞어 끊임없이 밀어 넣었다. 바닥에 주저 앉아 막대기로 창자 속을 쑤셔가며 속을 채우는 노인의 손길이 나를 황홀하게 했다. 노인은 순대 속을 채우고 잔잔한 가스 불에 순대를 줄줄이 삶는 동안에는 한 마디도 하지 않았다. 그때만큼 은 노인도 입술에 동그랗고 부드러운 미소를 담고 있었다. 나는 감질나게 피어오르는 돼지 내장의 고소하고 묵직한 향내를 콧 속 가득 빨아들이며 노인의 곁에 턱을 괴고 누웠다.

"내일은 역 앞으로 나가는 날인데, 너도 갈 테냐."

노인은 뜨끈한 순대 냄비의 김이 다 빠지기도 전에 잠시 방구 석에 몸을 모로 뉘어 눈을 붙이고는 기척도 없이 일어났다. 그러 곤 길쭉한 순대를 무딘 칼로 썰어내 검은 비닐봉지에 나눠 담았 다. 두 번이나 단단히 묶은 봉지들을 가방에 담아 들고 길을 나 섰다.

노인은 모르는 길이 없었다. 길이 없는 공원을 가로지르고 건 물 뒤로 돌아서 골목을 누볐다. 잔디를 밟지 말라고 쓰인 푯말도 개의치 않았고 도로 한가운데로 걷기도 했다. 경적을 울리며 악 을 쓰는 운전자들에게 한마디도 대꾸하지 않고 걸었다. 걷다 보 면 길이 나왔다.

노인은 의자를 둘 곳도 없는 플랫폼 한편에 신문지를 깔고 앉았다. 나는 그 옆에 자리를 잡았다. 순대를 나눠 넣은 비닐봉지를 가방에서 꺼내 늘어놓는 노인에게 구두를 신은 젊은 여자가 핸드백을 안으며 몸을 숙였다.

"할머니, 날도 추운데 힘들지 않으세요?"

"한 봉지 삼천 원."

여자는 긴 머리카락을 귀 뒤로 넘기며 겨우 웃는 얼굴을 해 보였다. 빨간 가죽 지갑에서 만 원을 꺼냈다. 노인은 순대 한 봉지와 함께 전대 안에서 서로 뒤엉켜 뭉치가 된 지폐들을 몇 장 뜯어내서 건넸다. 여자는 받으려 하지 않았지만 노인은 욕지거리를 쏘아 뱉으며 지폐를 찔러주었다. 여자는 조용히 지폐를 건네받았다. 그러곤 열리는 지하철 문 사이로 떠나갔다. 모두가 노인을 지나쳐 바쁘게 쏟아져 나오고 다시 밀려들어 갔지만 그중의 누군가는 꼭 노인에게 말을 걸었다.

"내가 할멈 딱해서 그래. 혹시 누가 젊은 사람이 공짜로 순금 준다고 하면 절대 받지 말아요. 그게 금으로 된 칩이야. 머릿속에 그걸 넣어가지고 사람들을 조종하려고 사탄이 꾸미는 짓이야. 지금 우리 휴대폰에 그게 다 들어가 있어요. 자칫하면 우리 다 지옥으로 끌려가게 생겼다, 이 말이야."

노인은 대꾸하지 않았다. 노인은 혼자서 얘기하는 것은 좋아했지만 남과 대화하는 것은 즐기지 않았다.

"여기서 이렇게 장사하시면 안 된다고 몇 번을 말합니까. 할머니, 일어나세요. 짐 다 챙겨 넣으세요. 이번에는 그냥 못 넘어갑니다."

노인은 이번에도 대화를 거부하면서 딴청을 피웠다.

"동물도 이렇게 같이 들어오면 안 됩니다. 안내견도 아니고 이동장에 넣으셔야죠. 할머니, 자꾸 이렇게 그냥 앉아만 계시면 저희도 억지로 끌고 나가는 수밖에 없습니다. 아시잖아요."

"이디 또 개처럼 끌고 가봐라. 옹?"

"일어나세요, 할머니."

"난 사람 아니야. 개야. 이 망할 놈들아."

스크린 도어 앞에 늘어서 있는 사람들이 휴대폰에서 시선을 돌려 일제히 노인과 나를 바라보았다. 번갈아 보는 그 시선 속에서 나는 개가 아닌 다른 무엇이 된 것 같았다. 노인은 건장한 남자 둘에게 팔을 붙잡혀 자리에서 끌려 일어났다. 그때 노인의 머리를 감싸고 있던 보자기가 벗겨졌고 누군가 휴대폰으로 사진을 찍는 소리가 들려왔다. 노인은 일어나서 몇 걸음 질질 신발 고무창을 끌고 걷다가 뒤를 돌아보며 고개를 저었다.

"쟤는 내가 몰라. 순대나 먹고 가게 내버려둬."

노인이 멀어져 가면서 이따금 뒤를 돌아보았다. 나는 또다시 걸어야 할 때가 왔다는 것을 깨달았다. 노인의 시선이 양옆에서 밀려드는 사람들 사이에 묻혀 완전히 사라졌을 때, 나는 나를 쫓는 호루라기 소리를 피해서 계단을 빠르게 올라 밖으로 빠져나왔다.

"어디에 있었어? 한참 찾았잖니."

흰 마스크를 눈 밑까지 올려 덮은 여자가 불안과 걱정에 휩싸인 눈길로 나를 샅샅이 훑어보며 몸을 숙였다. 눈을 맞추는 여자는 안경을 쓰고 있었는데, 유리알이 탁하게 흐려져 있었다. 그러나 여자는 나를 분명히 알아본 얼굴이었다. 나는 기억 속에서 그 뺨이 두툼한 얼굴을 기억해보려고 애썼지만 도무지 그녀를 알아볼 수 없었다. 라면 다발처럼 구불구불한 머리카락을 내 주둥이에 비벼대며 여자는 너무나 행복한 얼굴로 안도했다. 여자의 목덜미에서 암수가 뒤섞인 갖은 동물의 체취가 터져 나왔다.

빈 이동장에 나를 밀어 넣은 채로 그녀는 열심히 걸었다. 콧노래를 부르는 소리가 들려왔다. 멀미가 날 정도로 이동장은 앞뒤로 흔들렸지만 여자는 숨이 턱까지 차서 괴로워하면서도 한 번도 걸음을 쉬지 않았다.

반지하로 내려오는 계단에서부터 나는 그들의 목소리와 체취를 담뿍 느낄 수 있었다. 발 디딜 틈이 없는 좁은 방바닥 위로 이동장을 내려놓으며 여자가 그제야 날뛰는 개들 사이에 몸을 앉혀 쉬었다. 낑낑 울거나 왈왈 짖으며 경계하는 소리가 금세 천장과 벽을 치고 메아리처럼 되돌아와 귀청에 꽂혔다. 나는 아주 커다란 상자에 들어앉은 핏덩이 한 마리가 된 기분으로 이동장 구석에 몸을 숨겼다. 송곳니를 내보이며 적의를 드러내는 녀석들도 군데군데에 숨어 있었다. 그들은 한쪽 눈이 없거나 넓적한 귀 끝이 잘려져 있거나 꼬리가 없었다. 벌어진 턱 사이로 어린아이처럼 침을 길게 흘리는 녀석도 있었다. 백태가 낀 듯이 허여멀건 한 눈동자로 천장 모서리 어디쯤을 바라보며 넋이 나간 개도 있었다.

모두 개였다. 그리고 누구 하나 마스크를 쓴 여자에게 엉겨 붙지 않는 녀석이 없었다. 시루 안의 콩나물처럼 빽빽하게 방 안을 채운 채로 어둠 속에서 여자가 들어오면 수분을 흡수하듯이 갈증 섞인 울음으로 매달렸다. 여자는 행복한 웃음으로 한 마리씩 아는 체를 해주었다.

"아이참, 오늘은 또 가족을 데려왔잖아. 다들 얌전히 있어야지!"

길게 혀로 핥으며 달려드는 개들을 쓰다듬으면서 여자는 마스크를 벗었다. 그리고 세 장이나 겹쳐 입고 있던 재킷도 하나씩 벗었다. 벽에 부딪힌 채로 버겁게 옷가지들을 버티고 서 있는 나무 옷걸이에 재킷을 한 장씩 덮어 올렸다. 그러곤 다섯 겹으로 쌓아올린 누더기나 다름없는 방석 위에 나를 올려놓았다. 담요에 감싸인 채로 눈만 내밀고 있던 작고 흰 개 한 마리가 찢어질 듯한 고음으로 짖어대기 시작하자, 모든 개들이 나를 경계하며 악취를 풍겼다. 나는 분명한 이방인이었다.

여자는 이동장을 네 개나 더 가지고 있었다. 방 안이 좁아 겹쳐 쌓은 크기 다른 이동장 안에도 개들이 한 마리씩 몸을 웅크리고 들어앉아 있었다. 위태롭게 쌓인 그 이동장의 탑에 내가 담겨온 빈 이동장을 아슬아슬하게 올려놓았지만 쓰러지지 않았다. 여자는 내게 달려드는, 귀 한쪽이 뾰족하게 잘린 사냥개 한 마리를 들어올렸다. 벽에 걸린 여섯 가지의 구둣주걱 중에 하나를 빼내 손에 들자 전부 죽은 듯 조용해졌다. 여자는 내 머리를 강하게 쓰다듬으며 나와 눈을 맞췄다.

"뭐랄까, 너는 참 과묵하구나. 아주 마음에 들어."

마스크를 벗은 여자의 윗입술이 비틀리듯이 웃었다. 아귀가 맞지 않는 입술선 사이로 수술 자국이 남아 있었다. 여자는 입술을 오므리며 콧노래를 흥얼거렸다. 방에서 신발을 신고 나가 방문 앞에 붙어 있는 싱크대에 서서 찌그러진 양은 냄비들을 차례로 늘어놓았다. 그러자 모두 내게서 신경을 끊고, 빈 냄비에 벌써부터 주둥이를 파묻었다. 여자는 플라스틱 바구니로 큰 자루에 담긴 사료를 퍼내 냄비에 골고루 쏟아주었다. 딱딱한 건사료를 씹는 소리가 여기저기에서 산발적으로 들려오기 시작했다. 맹목적인 섭식이었다. 차례를 기다리지 못해 목덜미를 물고 물리는 다툼도 곳곳에서 이뤄졌다. 여자는 선 채로 밥그릇 하나에 쌀밥과 뭔가를 비벼 수저로 가득 떠서 입안에 넣고 씹으며 흐뭇하게 그들을 내려다보았다.

"생각해봤는데 네 이름은 병수가 좋겠어. 다들 작년에 떠난 병수 기억하지?"

바닥을 보이는 양은 냄비 앞에서 아직도 식욕을 채우지 못한 녀석들이 끝까지 남아 혀끝으로 냄비의 움푹 팬 곳을 핥아대고 있었다.

"비록 병수가 아파하다가 우리 곁을 떠났지만, 이렇게 또 새 가족을 만나게 됐잖아. 축하하는 의미로 너는 병수라고 부르겠어."

여자는 만족한 듯 반도 채 먹지 않은 밥그릇을 기름때가 굳어 있는 싱크대 위에 올려놓고 그 앞에 나를 올려주었다. 긴 발톱으로 싱크대에 앞발을 뻗으며 지옥에서 온 악귀들처럼 수많은 개들이 달려들었다. 나는 그러나 여자가 등을 지고 서서 비호하는 싱크대 위에서 쌀알 하나 남기지 않고 전부 먹어치웠다. 매우 짠맛이 났다.

울부짖다가 지친 개들은 언제 그랬냐는 듯 이번에는 바닥에 깔린 수많은 요 중에서 하나를 가지고 모서리를 물어뜯어 당기며 쟁취하기 위해 싸웠다. 구석의 담요 꾸러미에서 미동도 없이 누워 있던 늙은 개의 기침 소리가 연이어서 몇 번이나 터져 나왔다. 여자는 문짝이 다 떨어진 옷장 속에서 켜켜이 쌓여 있는 여러 무늬의 이불 가운데 하나를 조심스레 끄집어냈다. 옷장 속에도 다섯 마리의 늙은 개가 화석처럼 파묻혀 있었다. 어쩌면 그들 중 누군가는 이미 숨을 거둬 몸이 딱딱해진 상태인지도 모른다는 생각이 들었다.

여자는 옷장에 등을 기댄 채 불편한 자세로 다리를 모으고 앉아 잘 준비를 했다. 벌써 그녀의 무릎을 차지하기 위해서 꼬리를 재빠르게 흔들며 달려온 녀석들이 겹겹이 서로를 밟고 올라서며 진을 치고 있었다. 그중에 꼬리가 잘려나갔거나 다리 한쪽이 없어서 절뚝거리는 녀석을 그녀는 품 가까이에 놓아주었다. 여자가 천장에 매달린 줄을 당겨 방을 어둠으로 덮었다. 그러나 작은 상자 같은 방 안에서는 아직도 저마다 할 말이 남아 잇새로 웅얼거리는 숨소리를 내는 개들이 서로 목덜미를 벤 채로 시근덕거리고 있었다. 여자가 잠꼬대처럼 그 사이에서 중얼거렸다.

"난 있잖아, 너무 행복한 사람이야. 이렇게 우리 다 여기 있잖니."

그 소리를 끝으로 나는 까무룩 잠에 빠져들었다. 바로 옆에 코를 붙이고 자는 낯선 체취의 짐승들에게서 온기를 나눠가지면서 노인을 떠올렸다. 두 계단씩 멈춰 서서 계단을 올라간 노인은 또다시 순대 속을 넣어 삶고 있을까.

새벽 동이 트기도 전에 갑자기 맹렬한 기세로 누군가 내 목덜미를 물어뜯었고 나는 잠결에 찢어지듯 비명을 질렀다. 여자는 잠에서 깨어 방 안에 불을 켰다. 눈을 제대로 뜨지 못한 수십 마리의 개들이 일어선 그녀와 천장을 번갈아 보다가 주변을 둘러보며 잠에서 빠르게 깨어났다. 누렇게 뜬 눈동자로 나를 노려보던 단단하고 젊은 사냥개 한 마리가 내 비릿한 피를 맛본 채로 숨을 거칠게 쉬며 또다시 달려들다가 여자의 손에 들린 구둣주걱으로 사정없이 두들겨 맞았다. 몸을 웅크린 그 녀석을 모두가 피했다. 여자는 내 상처를 살펴보며 졸음에 겨운 눈으로 속삭였다.

"어머, 미안해 병수야. 얼마나 아팠니. 응?"

끝이 터져서 사방으로 새어 나오는 끈적끈적한 연고를 내 목덜미와 등에 덕지덕지 덧바른 후에야 그녀는 사료를 냄비마다 부어주었다. 사료 자루는 혼자서 서 있지 못할 정도로 뱃가죽이 푹 꺼져 있었다. 창문 없이 불 켜진 방 안에서 정적을 씹어 삼키며 모두가 한 생명체의 위장처럼 일사분란하게 움직이기 시작했다. 여자는 수저를 가지고 와서 미리 물에 불려놓아 죽이 되어버린 사료를 늙은 개에게 한 수저씩 떠먹였다. 제대로 먹지 못해 흘리는 것이 반이었지만, 그 밑에서 기다리다가 떨어진 것을 핥아먹는 녀석들이 있었다.

바쁘게 일상이 흘러가기 시작하는 작은 상자 안으로 누군가 세게 노크를 했다. 그 노크 소리에 예민하게 반응하며 한두 마리씩 고개를 쳐들고 짖어댔다. 이곳은 그들만의 성이었다. 이 안락한 삶을 뒤흔들지도 모르는 외부인은 경계해야만 한다. 여자가 불안한 목소리로 문가에 대고 물었다.

"누구세요?"

"집주인이에요. 문 열어요."

"죄송한데, 제가 지금은 좀 바빠서 안 될 것 같아요. 나중에 다시……."

여자가 손을 모아 쥐고 발끝을 내려다보며 중얼거리자, 반투명한 현관문 밖의 인영이 둘로 늘어났다. 개들은 더욱더 죽을힘을 다해서 짖어댔고 문 앞까지 다가가 이를 드러내는 녀석도 있었다. 그 소음 위에 탑을 쌓듯이 이번에는 좀 더 큰 목소리의 남자가 말을 걸어왔다.

"경찰입니다. 당장 문 여십시오."

여자는 나를 내려다보았다. 그러곤 내 주변의 수많은 눈망울

개

을 둘러보았다. 문간에 걸어둔 흰 마스크를 귀에 걸면서 여자는 망설이는 손길로 문을 빠끔 열었다. 틈새로 바깥의 찬 공기가 새어 들어왔다. 문에는 체인이 걸린 상태였다. 앞쪽에 서 있는 것은 덩치가 큰 남자였다.

"또 소음 때문에 민원신고가 들어왔습니다. 이번 달에만 벌써 열여덟 번째인 거 아시죠."

"그랬나요? 나는 그렇게 시끄러운 줄 몰라서."

경찰 뒤에서 팔짱을 낀 채로 서 있던 집주인이 헛웃음을 지었고 경찰이 집주인 쪽으로 돌아서 마주 보며 웃었다. 개들은 경계를 늦추지 않은 채로 맹렬하게 짖어댔다. 용감한 녀석들은 언제라도 문틈으로 날카로운 송곳니를 내보이며 달려들 준비를 하고 있었다. 그러나 여자는 구둣주걱을 그런 녀석들의 눈앞에 들이댄 채로 계속 변명을 해댔다.

"제가 안 그래도 저번에 시청분들이랑 약속한 대로, 애들 입양보낼 준비를 하느라 바빴어요."

문밖의 사람들은 그녀의 말을 믿지 않았다. 여자는 경찰이 들고 온 종이를 문 틈새로 받아 읽고 나서 눈물을 흘렸다.

"그럼 가족을 버려요? 주인아주머니는 그럴 수 있으세요?"

여자는 마스크를 써서 발음이 뭉개지는 와중에도 절대로 애원을 멈추지 않았다.

"병수 씨 돌아오면 그때 방 뺀다니까요. 왜 이렇게 사람 말을 못 알아들으세요?"

이제는 그 작은 문틈을 닫고 싶어 하는 쪽은 문밖의 사람들이었다. 경찰은 몇 번이나 똑같은 말을 반복한 후에 바깥쪽에서 문을 밀어 닫았다. 이제 다시 고립된 네모난 상자 속에는 우리만이 남았다. 여자는 마스크를 벗고 뺨에 얼룩진 눈물을 손등으로 여러 번 닦아냈다. 그러곤 싱크대 아래에 고이 접어두었던 흰 양말을 다섯 켤레 꺼내어 흔들어 보였다.

"얘들아, 우리 모두 알잖아. 그렇지? 내가 몇 번이나 말했잖아. 이사를 가려면 모두 함께 가야 하는 거야. 가족은 그런 거잖아. 봐, 얘들아. 이것도 다 병수 씨 거야."

여자는 지갑도 다섯 개나 가지고 있었다. 인조 가죽으로 된 검은 반지갑과 장미 무늬가 새겨진 누비천으로 된 장지갑, 지퍼가 달린 동그란 동전지갑까지 그 모양이 다양했다. 여자는 바닥에 앉아 곁으로 다가오며 안아달라고 떼를 쓰는 개들을 밀어내곤 지갑에서 돈을 전부 꺼내기 시작했다. 지갑은 많았지만 지폐는 적었다. 동전지갑 안에는 만삼천오백 원이 들어 있었다. 여자는 다섯 손가락에 전부 가락지를 끼어 불편한 자세로 지폐를 소중하게 세어보았다. 그러곤 다시 지갑에 집어넣었다.

얼마 지나지 않아, 또다시 경찰이 들이닥쳤다. 이번에는 철창을 든 사람들과 함께였다. 여자는 마스크를 쓰는 것도 잊은 채로 울며 매달렸다. 구겨져 뒹구는 얇은 요와 마구 뒤섞인 개들이 날뛰었다. 앞이 보이지 않아 무슨 일이 일어난 건지 알 수 없는 늙은 개들은 불안에 떨며 높은 울음을 냈다. 지옥이었다. 여자가 눈물에 젖은 매서운 눈빛으로 일어섰다. 그러고는 난동을 부리는 개들을 제압해서 사로잡으려고 하는 장정을 두 손으로 강하게 밀어 넘어뜨렸다. 현관문은 아주 좁았다. 넘어지는 남자의 바로 뒤쪽에 서 있던 사람도 도미노처럼 넘어졌고 그 사이로 틈이 생겼다. 물꼬가 트이자 재빠른 녀석부터 빠르게 밖으로 빠져나갔다. 그러나 문 바깥쪽에도 사람은 있었다. 운이 좋은 녀석은 누구의 방해도 받지 않고 앞길까지 뛰어갔다. 개들이 거리로 빠져나갈 때마다 동네 어귀에 모여 있던 구경꾼들 사이에서 탄성과 혀 차는 소리가 들려와 몇 마리나 탈출했는지 그 소란으로 가늠할 수 있었다. 금방 일어난 장정이 뒷사람과 함께 여자를 일으켜 세웠다. 여자는 요상한 모양으로 입을 벌리며 울음인지 신음인지 알 수 없는 소리로 울부짖었다. 그녀는 내가 들어 있는 문 열린 철장을 발버둥 치는 발끝으로 찼다. 우리는 눈이 마주쳤다.

너는 병수가 아니야. 그녀의 눈이 말했다. 나는 떠나야 한다고 느꼈다. 여자가 실신했다. 그제야 가까이 다가와 문틈 사이로 상황을 훔쳐보던 집주인은, 눈앞으로 뛰어오르는 내 모습에 놀라 문을 열어젖혔다. 나는 내 목덜미에 깊은 상처를 남긴 사냥개 녀석과 동시에 현관 밖으로 빠져나왔다. 집주인은 뒤로 물러서며 우리를 피했다. 나는 뒤돌아보지 않고 뛰었다. 앞으로 깊게 뚫린 골목만이 눈앞에 펼쳐져 있었다.

거짓말을 들킨 사람들이 그러듯이, 나는 낯선 골목에서 사람들이 드나드는 가게를 훔쳐보며 숨어 있었다. 며느리는 할배가 창고를 정리하려고 하면 그 앞을 서성이며 자꾸만 짧은 한국어로 그의 이목을 끌기 위해 노력하곤 했다. 정신이 사나워진 할배가 집 안으로 들어갈 때까지 며느리의 종종걸음은 마당과 창고를 오가며 초조하게 이어졌다.

나는 지쳐 있었다. 뽀얀 김이 피어오르는 식당 입구로 몸이 자꾸만 이끌려 갔다. 포복하듯이 도로를 건너는 와중에 돌진하던 차가 급정거를 하며 날카로운 소리로 멈췄다. 바닥에 길게 스키드 마크가 남았다. 열린 차창 사이로 욕지거리를 하던 운전자가 다시 핸들을 틀어 도로를 빠져나갔다. 이른 아침이었다. 식당 안에서 큰 소란에 문을 열고 나온 남자가 놀란 얼굴로 도로까지 뛰어나왔다. 나는 귀를 접은 채로 그를 올려다보았다. 오랜 경험으로 나는, 고개를 가까이 가져다대고 나를 살피는 그 얼굴이 나를 해치지 않을 거라는 확신을 가졌다.

"너 황천길 갔다 왔구나."

남자는 제 혼잣말에 고개를 뒤로 젖히며 껄껄 소리 내 웃었다. 흰 앞치마에 가려진 둥근 봉분 같은 배가 그의 고깃덩어리같이 늘어진 얼굴을 가렸다.

"막내야."

남자가 가게 안쪽을 돌아보며 누군가를 불렀다.

"막내야! 이리 와서 개한테 뭐 좀 먹여라."

남자의 손은 두텁고 컸지만 밀가루 반죽처럼 아주 보드라웠다. 게다가 향긋하고 톡 쏘는 각종 조미료 향을 강하게 풍겼다. 머리를 부드럽게 쓰다듬는 손길이 기분 좋았다. 남자는 나를 내려다보고 있었지만 눈길은 저 너머 어딘가로 향해 있었다.

"나 고향 살 때, 쿤밍에 딱 너만큼 검은 개를 키웠어. 아버지가 데려왔는데 아주 새까만 놈이었지. 허이꺼우黑狗라고 불렸는데, 그놈이 동네에 핀 꽃을 다 뜯어 먹었어. 날도 늘 따뜻했고, 그땐 참 좋았지. 좋았어."

남자는 막내가 가게 밖으로 나오자 일어나서 나를 가리켰다. 빨간 헬멧을 쓴 막내는 크고 네모난 철통을 들고 있었는데, 그 안에서부터 뜨끈하고 고소한 돼지고기 튀긴 냄새가 흘러나왔다. 가게 안으로 들어가는 남자에게 몇 번이나 인사를 하고 나서 헬멧은 나에게 다가와 내 앞에 중국집 이름이 적힌 작은 앞 접시를 내려놓았다. 잘게 자른 돼지비계가 검은 양념에 버무려져 있었다. 나는 기름내가 강하게 올라오는 그 음식을 단번에 먹어치웠다. 그때까지도 헬멧은 내 앞에 서 있었다. 헬멧의 때 긴 운동화 끈이 풀려 바닥에 끌리고 있었다. 원래는 흰색이었을 긴 운동화 끈은 오랜 시간 길바닥에 끌려 새까맣게 변색되어 있었다. 헬멧은 가게 앞에 비스듬하게 세워둔 오토바이 뒤쪽 상자에 철통을 올려놓고 바닥에 주저앉아 신발 끈을 맸다. 그때까지도 나는 주둥이에 달라붙어 있는 기름 양념을 핥아 먹느라 정신이 없었다. 그때였다. 헬멧이 손을 뻗어 내 머리를 가만히 쓰다듬었다.

"너구나."

그리운 목소리였다. 이미 잊었다고 생각했던 어린아이의 체취가 코끝에 되살아났다. 철장 사이로 손을 뻗어 축축한 내 코를 어루만지던 그 손길이 간지럽게 코끝을 스쳤다. 덮인 헬멧의 투명한 스크린창 안에서 그가 나를 바라보고 있었다. 헬멧 아래로 붉은 입술이 부들부들 떨려왔다. 얼굴을 가린 투명한 스크린 안쪽에서 눈물이 표면에 맺혔다가 떨어져 내렸다.

"백구야."

내 이름을 잊지 않고 있었다. 그는 손바닥으로 산등성이처럼 도드라진 내 척추 부근부터 마른 털가죽과 긴 꼬리를 찬찬히 어루만졌다. 나는 여태껏 한 번도 자의로 움직여본 적이 없는 꼬리를 마구 흔들었다. 진구가 나를 너른 품 가득 끌어안았다. 이제 그는 할배보다도 훨씬 더 커져 있었다. 철통이 담겨 있던 오토바이 뒷좌석 상자 안에 그가 나를 집어넣었다.

그와 나는 오토바이를 타고 도로를 달려갔다. 어디로 가고 있는 것인지 나는 알 수 있었다. 도로 옆의 갈대들이 날 선 바람에 누우며 길을 터주었다. 나는 상자 안에 웅크리고 누워 잠을 청했다. 대문 앞에서 서성이고 있던 며느리가 달려 나오며 슬리퍼 밑창 끄는 소리가 들리는 것 같았다. 형제들이 잠들어 있는 대문 옆의 둔덕 위에도 보드라운 새싹이 돋아날 것이다.

바람이 점점 잦아든다. 흰 나비 한 마리가 겨울의 자취를 지우느라 분주하게 날개를 펼치며 멀어져 갔다. 봄이 섞여드는 순간의 바람은 얼마나 뜨거운가. 나는 오늘을 절대로 잊지 못할 것이다.

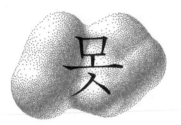

왜 이런 곳에서 새로 시작하자고 마음먹었을까. 그가 한숨을 내쉰다. 칸막이 하나 없이 곁이 훤히 들여다보이는 진찰실 안에서 다른 사람들의 시선 따위는 조금도 신경 쓰지 않고 바지를 무릎까지 벗어내려 항문 근처의 종기를 내보이는 환자의 무신경함은 상하이 어디에서나 만나볼 수 있는 것이었다. 남의 이목을 신경 쓰는 한국의 의사들과는 다르게 환자에게 마구 화를 퍼붓는 의사들과 귀 기울여 듣지 않으면 증세를 알아듣기도 힘든 광둥어로 앓는 소리를 내는 노인. 예민한 그는 이따금 숨통을 조여오는 답답함을 견디기가 힘들었다. 흰 가운을 입은 채로 그는 병원 입구에서 기운 없이 걸어나온다.

중국 여름 특유의 끈덕지고 습기 가득한 기운은 어느 길목이나 바글바글한 사람들의 새까만 머리통 위에 머릿기름처럼 달라붙었다. 가운 주머니에서 휴대폰을 꺼내기 전, 그는 습관처럼 좌우를 살폈다.

주머니에서 휴대폰이나 지갑을 꺼내면 누군가 손을 뻗어 빼앗아 달아나는 일이 빈번한 도시, 그런 일에 누구도 도움을 주지 않는 것이 익숙한 이 도시에서 새로운 인생이 시작될 것이라고 믿었던 이유는 무엇일까. 지하철 안의 빼곡히 들어찬 이 인구만큼 띄어쓰기 하나 없이 간자체 한문으로 가득 메워진 종잇장을 달달 외우고 외우며 이 너른 대지에서 이루고자 했던 것은 무엇일까. 그는 휴대폰 화면에 한 글자씩 정성스레 마음을 담아 문자를 입력한다. 윤하. 보고 싶다.

윤, 하, 보, 고, 싶, 다. 여섯 글자를 휴대폰 화면으로 오래도록 바라보며 나는 그가 어떤 마음으로 이 문장을 적었을까 상상했다. 짧은 문자 한 통을 바라보며 머나먼 곳에 못 박힌 채로 내내 나를 그리워하고 있을 그의 일상을 상상하는 일이 내게는 더없이 중요한 일이었다.

통화 음질이 좋지 않아 상하이에 있는 그와의 전화 통화는 소나기 내리는 저녁의 분위기를 내었다. 중국 상하이에서 한국 서울을 잇는 가느다란 전파에 기대어, 간간이 꼭 중요한 대목에서 말소리가 끊어지는 통화를 하는 날에는 그래도 마음이 설렜다. 저녁 아홉 시의 나와 저녁 여덟 시인 그의 통화는, 영화 〈동감〉처럼 과거와 미래가 이어진 기분이 들 때가 있었다. 한 번도 발 디

더본 적 없는 땅에서 그가 내 이름을 부르고 있다는 것이 새로웠다. 그러나 뒤틀어진 그 시간과 먼 거리만큼이나 그리움 또한 배로 깊어졌다. 살을 맞댄 순간이 짧은 연애. 그렇기에 더 간절하고 애절한 마음이었다. 원한다면 시도 때도 없이 영상 통화도 가능한 시대에서, 만년필로 꾹꾹 눌러쓴 편지를 써 붙이기도 하며 그를 향한 내 애정은 멀리 창공과 바다를 너울너울 건넜다.

'윤하. 보고 싶다.'

속이 꽉 채워진 새까만 마침표 뒤로, 그는 무슨 말을 더 남기고 싶었을까. 벌써 한 달이 다 되어가는 그의 메시지 아래로는 화면에 보이지 않을 만큼 길게 이어지는 내 질문뿐이었다. 어디야? 왜 대답이 없어? 폰 잃어버린 거야? 왜 전화도 안 돼? 무슨일 있어? 어디 아파? 끝없이 물음표를 타고 물결처럼 이어지는 질문 끝에, 다시 전송 버튼을 누른다.

살아 있어?

왜 그가 영영 대답하지 않을 수도 있다는 생각이 드는 걸까. 전화나 편지, 메신저를 통해 듣는 '상하이'라는 도시는 어떤 해괴한 일이 일어난다고 해도 결코 이상하지 않을 도시였다. 그 해괴한 도시를 상상하다가 책장에 나란히 꽂혀 있는 에드거 앨런

포와 애거서 크리스티의 소설들을 노려보며 몸을 웅크린 채 밤을 지새웠다.

차에 치인 채 반나절을 길가에 방치된 중국 어린이에 대한 뉴스를 본 적이 있다. 인적이 드문 것도 아니었고 아이가 사고를 당하는 현장을 목격한 사람도 여럿 되었다. CCTV에는 뺑소니차에 치인 예닐곱 살 소녀를 보면서도 느긋이 장을 보고 배달을 다니는 중국 시민들의 모습이 그대로 찍혀 있었다. 누구 하나 경찰에 연락하거나 소녀의 생사를 살피려는 노력이 없었다. 마치 누워 있는 마네킹을 본 듯한 반응들이었다. 나중에서야 달려온 아이의 어머니는 축 늘어진 소녀를 급히 업은 채 화면 밖으로 뛰어간다. 그 만연한 무관심에 대한 충격으로 치를 떨던 내게, 그는 늘 그렇듯 비에 젖은 음질의 국제 통화로 말을 전했다.

"이곳은 원래 그런 곳이야. 괜히 영웅심에 참견했다가는 도리어 살인죄를 뒤집어써도 이상하지 않은 곳이지."

그렇게 말하는 그의 목소리는 지칠 대로 지친, 그러나 너무 의연한 목소리라서 가슴이 메어왔다. 그에게서 연락이 끊긴 얼마간은 그가 차에 치인 채 길가에 피 흘리며 방치되는 악몽에 시달렸다. 사람들은 마치 로드킬당한 길고양이를 내려다보듯이 그의 근처를 슬금슬금 피해 갔고 누구 하나 그를 살펴보거나 경찰에 연락하려는 기미는 없었다. 원한과 공포가 가득 담긴, 한 마리의 짐승 같은 눈동자로 허공을 응시한 채 차갑게 식어가는 그의 몸. 콘크리트 바닥을 검게 적시는 그의 핏물. 그런 것들에서 겨우 도망쳐 잠에서 깨면, 어김없이 빗물이 창문을 두들기는 소리가 들려왔다.

한국은 장마철이었다. 인터넷을 뒤지면 정말 일어났을 법한 괴소문들을 수백 가지는 찾아낼 수 있었다. 신혼여행 온 새 신부를 공중 화장실에서 납치해 팔다리를 자른 채 서커스단에 팔아넘겼다느니, 부부가 손님으로 타고 가던 택시가 멈춰버려서 남편은 밖으로 나와 차를 밀었는데 아내를 태운 택시는 그대로 도망가버리고 인적 드문 산속에서 내장은 몽땅 팔리고 겉가죽만 남은 아내의 시체가 굴러다니고 있었다느니. 한 번 들으면 여간해선 그 끔찍한 이미지가 머릿속에서 지워지지 않는 괴소문들은 일제히 부부나 연인에 관한 것들이었다. 그 때문인지 그런 끔찍한 상상은 뒷맛이 더욱 씁쓸했다. 만약 그에게 그런 비현실적인 비극이 일어난다고 해도, 나는 그 사실을 평생 모른 채 살아가게 될 것이라는 생각이 들었다.

그의 아내는 이제 막 성인이 된 중국 여자였다. 그녀가 한글을 한 글자도 모르기 때문에, 나는 안심하고 그의 상하이 집 주소로 편지를 보낼 수 있었다. 혹여 그녀가 낯선 외국어로 된 편지를 발견한다고 하더라도, 그녀는 한글로 적힌 '윤하'라는 두 글자가 여자일 것이라는 짐작도 못할 것이다. 하물며 그 내용을 훔쳐본다고 한들, 우리의 밀어를 눈치챌 수나 있을까. 중국 동부에서 단 한 발자국도 나가본 적이 없는 그녀와, 한국의 서울에서 단 한 발자국도 나가본 적이 없는 나는, 그래서 어딘지 닮아 있다는 생각이 들었다. 나 역시 내가 모르는 외국어로, 그가 그의 아내에게 어떤 밀어를 속삭일까 상상할 때가 있었고 그런 상상은 지겹도록 괴로웠다. 어떤 달콤한 말도, 나는 절대로 그 언어 특유의 뉘앙스를 알아차릴 수 없을 것이다. 그래서 편지나 메신저로는 절대 내 존재를 알아챌 수 없는 그녀에 대해 안쓰러운 마음보다는, 통쾌한 마음이 더 컸다.

'당신은 그의 축축한 그림자야. 그가 당신과 한 침대를 쓸지언정, 그의 마음은 멀리 고국의 애인에게 와 있어.'

그러나 그런 모든 자만도, 그의 부재 앞에선 일절 쓸모없는 것이었다. 그의 편지를 읽고 메신저를 받고 목소리를 듣는 순간에는, 그 목소리 이외의 것은 모두 껍데기에 지나지 않는다고 확신했지만 그의 묵묵부답을 끝으론 아무것도 남은 것이 없었다.

그의 개인 전화번호와 집 주소 이외에 내가 그에 대해서 명확히 알고 있는 것은 무엇일까. 그가 다닌다는 병원도, 정확히 그

명칭을 중국어로는 뭐라고 부르는지조차 알지 못했다. 잠시 쉴 때에는 어느 벤치에 주로 앉아서 담배를 태우는지, 그의 코트에서 나는 냄새나 요즘 자주 마시는 음료가 어떤 건지도 알지 못한다. 퇴근길에 휴대폰을 든 채 메시지를 남길 때의 그는 어떤 풍경에 놓여 있을까. 나는 상상하는 일밖에 할 수 없다.

어느 날에는 비가 잦은 오후, 한 손에 우산을 들고 병원의 중앙 현관을 나오다가 지금쯤 한국에는 비가 내릴까 싶어서 바지 주머니 속에서 휴대폰을 꺼내는 그가 보인다. 그러나 내가 어떤 풍경에 그를 내려놓는다고 해도 결국에 그에게선 대답이 없고 그가 지금 어떤 상황에 처해 있는지 나로서는 알 길이 없으며 결국, 부질없다는 것이다.

그 순간, 우리는 서로에게 허구의 인물이 된다.

'중국'이라는 나라는 정말 존재할까. 정말 현실에 있는 나라일까. 나는 그가 살고 있다던 나라의 존재 자체를 의심하게 된다. 이별의 포옹을 끝으로 손을 흔들며 그가 내 눈앞에서 사라지고 난 뒤에 잡음 섞인 전화 목소리로 '나 지금 중국에 도착했어'라고 말하고 나면 내 머릿속에는 중국이라는 미지의 나라가 생성되는 것이다. 그렇다면 사실 그는 현재, 어쩌면 내 주위 신촌의 눈에 띄지 않는 곳이나 부산 혹은 경주 같은 곳에서 살고 있을

못

수도 있지 않을까. 그런 내 의심이 스스로 처연해질 때쯤, 라나에게서 연락이 왔다.

"나 지금 한국 있어요."

그녀의 연락이 반가웠던 것은, 대답 없는 그의 연락을 기다리는 고통에서 벗어날 수 있었기 때문이다. 그녀는 이따금 계절이 바뀔 때마다 찾아와 내 일상에 꽂히는 책갈피 같은 존재였다. 나를 잠시 덮어두고 그녀를 맞이할 때는 한결 마음이 가벼웠다. 서로의 나라와 언어를 잘 알지 못하기 때문에 생기는 그 적당한 거리감이 내겐 아늑했다.

처음, 그를 위해서 간단한 중국어 회화 정도는 익혀둘까 싶어서 찾아갔던 외국어 교실에서 한국어를 배우고 싶어 하는 그녀를 소개받았을 때에는 반가움보다 당황스러운 마음이 더 컸다. 내가 배우려고 하는 언어는 중국어였으며 일본인인 라나는 중국어는 물론이거니와 한국어조차 잘 알지 못했기 때문이다. 그녀와 만난 것을 계기로 나는, 어순이 반대로 뒤섞인 중국어보다 훨씬 익히기 쉬운 일본어 쪽으로 마음이 더 기울었다. 결국 중국어 수준은 니하오에 머물렀고, 일본어는 라나와의 대화로 익혀가며 점점 서로의 관계만큼 편하게 느껴졌다.

한국인 남자와 사귀고 있다는 것이, 라나와 나의 유일한 공통점이었으며 우리는 서로에 대해 아는 것이 조금도 없었다. 그게 바로 내가 그녀를 좋아할 수밖에 없는 이유였다. 나에 대한 것이라면 어릴 적 별명이나 학교 성적과 대학 전공, 그동안 사귀어 온 남자 유형과 나의 작은 버릇 하나까지 속속들이 알고 있으며 그러므로 내 마음까지 꿰뚫고 있다고 믿고 있는 한국 친구들과는 태도부터가 달랐다. 내가 불편해할 이야기에 대해서는 절대 물어보면 안 된다는 법칙 같은 것이 그녀 안에 존재하는 것 같았다. 나 역시 그녀의 한국인 남자친구에 대해서는 그녀가 먼저 설명하는 것 이외에는 깊숙이 질문해본 일이 없었다. 눈에 보이지 않는, 조금 차가우면서도 예의 바른 룰이 그녀와 나 사이를 평화롭게 한다고 믿었다.

라나. 그녀는 내 애인에 대해 알고 있는 유일한 사람이었다. 달콤한 연극 안에서 나는 평화로웠다.

"한국 진짜 갔고 싶어요."

조국으로 돌아가 지내는 동안 조금 더 어눌해진 한국어 실력으로 라나는 한국에 정말 오고 싶었다는 말을 했다. 비록 과거형이 잘못 사용되어 '가고 싶었다'는 말이 되지 못했고, 이미 한국에 왔으니 '오고 싶었다'는 표현이 어울리겠지만 한국을 그리워했을 그녀의 마음은 새까맣게 빛나는 눈동자와 흥분된 목소리에서 충분히 전해졌다. 세 번에 걸쳐 말을 정정하여 한국 진짜 오고 싶었어요, 라는 문장을 완성해낸 그녀는 뿌듯하게 입 끝을 올려 웃었다.

라나와 나는 서로의 이름 이외에는 정확히 아는 것이 없었다. 그마저도 정확한 발음은 아닐 것이다. 그녀는 특정한 이유도 없이 한국을 사랑했다. 흔히 뉴스에서 보도되는 한류 열풍, 한국 배우와 아이돌 가수를 따라 스타 투어를 오는 일본 관광객들에게는 한국을 사랑하는 목적이 있다. 그들이 사랑하는 것은 그들의 스타가 거니는 거리일 뿐이다. 그들이 한글을 배우기 위해서 한국어 교실을 찾는 추세이기 때문에 명동이나 신촌을 거닐며 일본어로 대화하는 일본 여성들을 마주치면 으레 한류 팬이 겠거니 생각하곤 했다. 나도 처음 라나를 보았을 때, 당연하게도 그녀가 한국 드라마 광팬이겠거니 예상했었다. 그러나 그녀는 말했다.

"한국 좋아요."

짧은 문장 안에 그녀는 깊은 애정을 담아 말했고, 나는 그것으로도 그녀의 마음을 충분히 알 수 있었다. 어쩌면 그녀도 단지 그의 이름을 발음하는 내 표정이나 눈빛 같은 것으로 내 마음을 알아차리지 않았을까.

"한국 여름 진짜 더워요. 도쿄 지금 비 와요."

그녀의 목소리를 들으며 나는 도쿄를 상상했다. 대지진이 있었을 당시에는 요코하마에 있는 집에서 동생과 어머니와 함께 숨죽이고 있었다고 했다. 그녀는 그때의 다급한 상황을 짧은 단어들을 급박하게 이어 묘사하곤 했다. 만약을 위해서 준비해놓은 벽장 속 비상식량들과 거짓말처럼 뚝뚝 끊긴 도로들. 지진이 있기 이틀 전에 출산을 했다던 그녀의 사촌. 산부인과 병원까지 비상식량과 생수들을 보내기 위해서 애썼던 그 당시의 상황은 그녀의 커다란 두 눈동자에 잔뜩 서린 두려움으로 충분히 전해졌다. 우리는 서로의 언어를 겨우 걸음마를 뗀 정도의 수준으로 구사했지만 그 어떤 것도 설명해내지 못할 것이 없었다. 나는 한 번도 가보지 못한 일본이라는 나라를 그녀의 목소리로 몇 번이고 건너갔다. 그녀는 늘 상냥하게, 끝없이 다정한 말투로 말했다.

"윤하 상, 항상 미안해요."

그녀에게는 굳이 내가 아니어도 그녀가 나를 배경으로 보고 만지고 느끼는 모든 것이 한국이었으므로, 한국인을 대표해서 좋은 인상을 주어야 한다는 부담감은 거의 없는 편이었다. 그래서 나는 그녀에게 특별히 상냥하지는 않았으며 평범한 한국 여성 정도의 말투와 평범한 친절을 주었지만 그녀는 늘 나에게 폐를 끼친 듯 미안해했다. 바닥에 떨어진 볼펜 뚜껑을 주워 주었을 때도, 화장실에 가고 싶다는 그녀에게 고개를 끄덕여주었을 때도, 다음에 다시 만나자는 말을 꺼냈을 때도, 그녀는 늘 미안하다고 말했다. 그러나 정작 그녀에게 미안해야 하는 것은 거짓말

못

쟁이인 나였다.

"남자친구, 사이좋아요?"

그녀의 해맑은 질문에 나는 고개를 들어 그녀를 마주 보았다. 그와 지금도 잘 지내고 있느냐고 묻는 평온한 그녀의 얼굴을 바라보면서 나는 무슨 말이든 해야 했지만, 입술만 벙긋거리다가 결국엔 짧은 일본어로 그렇다고 대답해버렸다.

작년 겨울, 그녀에게 나는 그와의 첫 만남에 대해서 장황하게 늘어놓았다. 그날은 크리스마스였고, 명동 거리에는 트리 장식 불빛만큼이나 따스하고 밝은 캐럴이 쏟아져 흘렀으며 그는 운명처럼 내 앞에 서 있었다. 딸랑딸랑. 고드름처럼 차게 얼어붙은 손목을 움직여 종을 흔들며 내가 그에게 처음 말을 건넸다.

"불우 이웃을 도웁시다."

그는 빨간 자선냄비 안으로 주머니에서 꺼낸 지폐 몇 장을 말없이 밀어 넣었다. 감사합니다, 하고 말을 꺼내기 위해 입을 벌렸을 때 그는 자선냄비 위에 영화표 두 장을 올려놓았다.

"이것도 자선이 될까요."

멍하니 새하얀 입김을 뿜어내던 나는 그때 희뿌연 안경알 너머로 촉촉이 젖은 그의 눈동자를 마주 보았다. 세상 모든 연인들이 아기 예수의 탄생과는 상관도 없이 오직 서로의 뜨거운 사랑을 축복하느라 여념이 없는 날에 그는 바람을 맞은 것이었다.

나는 종을 내려놓고 추위에 젖어 무감각해진 손끝으로 영화표를 집어들었다. 영화 시간이 얼마 남지 않았다. 그래서 나는 그의 손을 잡았다.

"이번엔 제가 도와드릴게요."

그때 그의 손등은 내 손바닥보다 미지근했던가. 나로서는 알 길이 없었다. 언어의 벽 앞에 부딪혀 더 섬세한 설명을 전하지는 못했지만, 어디선가 들어봤음 직한 이 지루한 연애 스토리를 들을 때에 라나는 두 손을 꼭 쥔 채 적당한 구절마다 고개를 끄덕여주곤 했다. 그와 처음 손을 잡은 순간, 종을 내려놨음에도 어디선가 청아한 종소리가 들린 것 같았다고 설명했을 때는 그녀에게서 안타까움과 부러움이 가득 섞인 한숨이 새어나왔다.

그것이 그저 내 블로그에 연재했던 연애소설의 일부분일 뿐이라는 것을, 어쩌면 라나는 영영 알지 못할 것이다. 아무렴 어떠랴 싶었던 것은 역시 그녀가 외국인이기 때문이었다. 타지에서 만난 외국 친구라면, 순정만화의 한 장면 같은 연애 스토리를 가지고 있어도 될 것 같았다. 그녀에게 재미있는 추억이 되지 않을까. 그러나 그것이 그와의 첫 만남이 되었다는 것은, 어찌 보면 완전한 거짓말은 아니었다. 블로그 방문자 수가 한 달 평균 제로에 가까운 내 블로그에, 그가 댓글을 남긴 것이다.

'내가 살고 있는 나라에서는 크리스마스를 공휴일로 치지 않

못

아요. 그러니 공짜 영화표가 생겨도 이곳에서는 어림도 없겠네요.'

그 댓글을 확인했을 때에, 내 귓가에는 종소리 대신에 오래된 컴퓨터 본체가 내는 기괴한 숨소리뿐이 들려오지 않았지만 그래도 운명을 직감했다. 인천공항 역에서 처음 만났을 때의 그는 정말로, 안경알 너머로 그윽하고도 촉촉한 눈동자를 간직하고 있는 사람이었다. 당신, 살아 있어?

"나 결혼해요."

쌈지길을 배경으로 사진 한 장을 찍은 뒤였다. 관광객들이 정신없이 오가는 계단 구석에 앉아 식혜를 한 잔씩 마시고 있을 때, 대뜸 그녀가 말했다. 정면에는 거리 화가가 다정한 백인 커플을 그리고 있었다. 여자의 유난히 날카로운 콧날과 남자의 길쭉한 하관을 특징으로 잡았는지, 그림은 캐리커처 기법으로 우스꽝스럽게 그려지고 있었다. 커플은 저 그림을 마음에 들어 할까. 아마 그들은 매우 흡족해할 것이다. 평소 콤플렉스일지도 모르는 부분이 과장되어 그려진 그림에도 흔쾌히 웃으며 여행의 추억을 소중히 가지고 돌아갈 것이다. 어쩌면 저 그림은 창밖으로 해안가가 수채화처럼 펼쳐지는 그들의 신혼집 현관에 당당하게 걸린 채로 먼 훗날 젊은 시절 함께 갔던 동양의 아주 작은 나라를 두고두고 떠올리게 할 귀보가 될지도 모른다.

곁에서 빨대 속으로 바람이 빨려 올라가는 소리가 들렸다. 라나는 식혜를 참 좋아했다. 찹쌀떡도, 한국 과자나 냉면 같은 것도. 일본에도 비슷한 것이 전부 있다고 하면서도 그녀는 그 모든 것을 신선하게 받아들였다. 명동 거리를 걸을 때면 지금 걷고 있는 곳이 일본인지 한국인지 헷갈릴 때가 많다고 했다. 그 정도로 그녀의 고향과 비슷한 풍경인 것이다. 간판의 글자를 빼놓고는 뭐 하나 특별히 조국과 다르달 것이 없는 외국.

그도 똑같은 말을 했다.

"상하이와 서울은 비슷한 점이 많아. 특히 명동 거리는 상하이를 거울로 비춘 모습인가 싶을 정도로 똑 닮아 있어."

내 머릿속에서 그는 속삭였다.

'다른 것이 있다면 공기 중을 떠도는 냄새나 습도 같은 것이야.'

눈에 보이지 않지만 확연하게 다른 그런 것.

"나는 요코하마에서 작년에 결혼해요."

국제결혼에서 한국인과 일본인의 결합이 꽤 이혼율이 높다는 말을 들은 적이 있다. 라나 말대로 결혼식이 작년이었다면 지금쯤 이혼했어도 이상하지 않을 것이라고 삐뚤어진 생각을 하면서 작년? 하고 되물어주었다. 그제야 그녀는 작년, 어제, 오늘, 내일,

내년, 중얼거리며 시간을 빠르게 건너뛰다가 내년이라는 단어를 최종적으로 선택한다. 오메데토. 그녀 나라 말로 결혼을 축하하자 그녀는 미소 짓는다. 그러곤 내게 공손하게 고개 숙이며 입에 밴 듯이 말한다.

"늘 미안해요, 윤하 상."

스미마센. 깔끔하게 모국어를 발음하는 라나의 목소리를 들을 때마다 나는 그 말 뜻을 '미안해요'라고 해석하곤 했다. '미안하다'와 '고맙다'의 이중적 의미가 있는 그 말을, 그녀는 분명 후자 쪽에 더 가깝게 표현했을 것이다. 그러나 나는 미안하다는 말에 익숙했고, 늘 내게 사과의 말을 습관처럼 꺼내는 것은 바로 그였다.

'미안해. 그래도 네가 있어서 숨이 좀 트여. 여긴 늘 공기가 나빠.'

지친 듯 늘어지는, 그러나 꼭 투정하는 아이 같아서 어르고 보듬어주고 싶게 만드는 그의 목소리가 문득 귓속에서 튈 때마다 숨이 막혀왔다. 내가 어루만지던 어깨와 살집 두둑한 팔뚝, 시큼한 땀 냄새가 밴 뒷목과 머리카락이 빽빽한 뒤통수, 안경을 벗어도 자국이 그대로 남아 있는 콧잔등, 실재하던 그런 것 모두 다 어디 있을까.

라나가 내게 작은 상자를 내밀었다.

"일본에 꼭 놀러 와주세요. 내가 안내해요."

상냥한 말투만큼이나 아기자기하게 이것저것 챙겨 넣은 상자 안에는 히라가나로 무언가 잔뜩 쓰인 겉표지의 과자나 라면 같은 것들이 가득 들어 있다. 그 안에는 일본 어린이들이 읽을 법한 동화책도 있었다.

우라시마타로浦島太郎. 해안가에서 꼬마들에게 괴롭힘을 당하던 거북이 한 마리를 구해준 타로라는 청년은, 그 답례로 용궁으로 초대되었다. 아름다운 용궁에서 공주의 환대를 받으며 바닷속 세상에서 꼬박 삼 일을 즐겁게 여행한다. 그러나 신세계를 탐닉하는 행복도 잠시일 뿐, 그는 지상에서 홀로 지내며 자신을 기다릴 홀어머니가 그리워진다. 그리하여 공주에게 다시 지상으로 보내달라는 부탁을 한다.

용궁의 공주는 타로에게 이별 선물로 구슬 상자를 건네주며 어떤 일이 있더라도 절대 열어보지 말라고 당부한다. 타로가 구슬 상자와 함께 지상에 올라와 보니, 용궁에서 지내던 삼 일 동안 지상 세계는 삼백 년이 흘러 있었다. 그의 홀어머니가 돌아가신 것은 물론이거니와 아무도 그를 아는 사람이 없다.

타로는 용궁에서 받은 구슬 상자를 열어본다. 그것은 마치 판도라의 상자와 같아서 절대 열어보면 안 되는 것이었지만, 으레 모든 주인공이 잘못을 저지르듯 타로 역시 결국에는 상자를 열고 만다. 구슬 상자를 열자마자, 그 안에서 희뿌연 연기가 피어오르고 타로는 삼백 년 치의 세월을 한꺼번에 늙고 만다. 한순간 노파가 된 그는 그대로 죽음을 맞이하게 된다. 지독한 이야기의 마지막 장을 덮었을 때, 거짓말처럼 창밖에서는 다시 비가 퍼붓기 시작했다.

공주는 왜 열어보면 안 될 상자를 그에게 건넸을까. 화려한 환대에도 불구하고 그곳을 벗어나려고 하는 그가 괘씸했던 걸까. 보답 받지 못하는 마음에 대해 복수하고 싶은 마음이 들었을까. 시답잖은 생각을 하고 있을 때였다. 전화가 왔다.

언제 마주해도 적응이 되지 않는, 길고 낯선 국제 번호가 휴대폰 화면 안에 나열되고 있었다. 끝없이 이어지는 숫자들이 낯선 나라의 알아듣지 못할 언어처럼 거북하게 느껴졌다. 이불 위에서 휴대폰은 미세한 신음으로 진동하며 조금씩 몸을 옴짝거렸다. 어째서인지 쉽사리 휴대폰을 집어들 수 없었다. 마치 남의 물건처럼 선뜻 손이 가지 않았다.

몇 초간 시간이 멈춘 것처럼 빗소리마저 끊겼다. 매미 소리 같은 진동음만이 귓가에 징징 울려댈 뿐이었다. 그러다 어느 순간 정신이 들어 손을 뻗었다. 이 가느다란 진동이 멈추고 나면, 모든 것이 끝나버릴 것 같았다. 떨리는 손으로 통화 버튼을 누르며 스피커 부분을 귓가가 바짝 갖다대었다.

"여보세요."

의외로 차분한 목소리가 나갔다. 전화 반대편에서는 통화 음질의 탓인지 이제는 너무도 익숙한 빗소리가 들려왔다. 툭툭 튀는 전자음 사이로 미세한 숨소리가 새어나왔다. 아니, 어쩌면 그것 또한 잡음에 불과한지도 몰랐다.

"여보세요."

조금 전보다는 더 정확한 발음으로 말했으나 여전히 묵묵부답이었다. 무언가를 더 말해보려고 입을 벌렸을 때, 문득 그런 생각이 들었다. 이 전화기를 들고 있는 반대편의 누군가는 어쩌면 그가 아닐 수도 있다. 그가 통화 목록을 삭제하지 않은 채로 남겨두었다면, 목록 안에 끊이지 않는 발자국처럼 점점이 남아 있을 이 번호가 누구인지 확인하려는 그녀의 어린 아내일 수도 있고, 분실되거나 도난당한 그의 휴대폰을 손에 넣은 타인일 수도 있다. 이제는 전자음인지 빗소리인지, 바로 옆 창가에서 들려오는 빗소리를 착각하는 것일 뿐인지 분간할 수 없는 그 소리만이 귓가를 때렸다.

화면에는 계속 통화 시간이 일 초마다 정확하게 지나가고 있었다. 전화를 끊지도 못한 채 두 손으로 휴대폰을 들고 오만 가지 생각을 하고 있던 순간, 하얀 연기처럼 숨소리가 스피커 안에서 뿜어져 나왔다. 그리고 전화는 끊겼다. 다시 그에게 이쪽에서 전화해볼 용기는 나지 않았다. 그 순간 내가 알 수 있는 것은 단 한 가지였다. 곧 이 비가 그치고, 가을이 오리라는 것이었다.

중국에는 가을이 없다. 그 냉혹하고 명확한 계절감 사이에서 이따금 후덥지근하던 여름의 한숨 같은 것이 섞여 불어오는 애매한 가을은, 설 자리가 없다. 여름의 끝에는 그 잔향을 추억할 사이도 없이 바로 스산한 겨울을 예고하는 찬바람이 일었다.

그의 마음도 마찬가지였다. 아내와의 짧았던 신혼 생활의 추억, 서로의 언어를 완연히 이해하지 못해서 일어났던 크고 작은 일화 중에 웃으면서 넘어갈 수 있을 만한 것들은 애당초 그의 머릿속에 남지 않았다. 그의 마음에는 오직 지긋지긋한 기름때가 잔뜩 긴 이방의 집구석과 말귀 하나 제대로 알아듣지 못하는 가난한 아내를 떠나, 연인에게로 가고픈 마음뿐이었다. 가을바람에 긴 머리칼을 날리며 가느다랗고 하얀 목을 머플러로 감춘 그녀의 모습이 머릿속에 선연하다. 그에게는 어서 한국으로 돌아가 그녀의 어깨를 담뿍 안아주고 싶은 마음뿐이다.

바닥에 널브러진, 아내의 뒤통수 쪽으로 검붉은 핏물이 새어 그의 발가락 앞쪽까지 기어왔다. 그는 아내에 대한 일말의 연민도 느끼지 못했지만, 손가락 하나 꼼짝할 수 없었다. 아내가 머리

를 찧은 침대 모서리에도 인주처럼 찐득한 핏물이 찍혀 있다. 그
는 침대 위의 휴대폰을 바라보았다.

잠든 듯이 바닥에 엎드린 아내의 시체 위로 어둠이 오고, 다
시 아침이 밝아왔다. 그렇게 며칠이 지났는지 알 수 없었다. 침대
위에 웅크려 앉은 채 그는 뱃속에서 울려오는 고동 소리를 들었
다. 이런 때에도 허기를 느낀다는 것이 우습게 느껴졌다.

왜 저 여자와 결혼을 했을까. 그러나 특별히 나쁜 아내는 아니
었다. 그녀의 나쁜 점이라곤 단 하나, 자신과 같은 한국인이 아
니라는 것뿐이었다. 처음 이곳에서 대학을 다니고자 했을 때만
해도 그는 중국을 사랑했다. 고등학생 당시 제2외국어로 선택했
던 중국어는, 단번에 그의 마음을 사로잡았다. 그 특유의 노랫말
같은 성조와 목 뒤의 깊은 곳에서 울려 나오는 발음은 들을수
록 귀에 달라붙었다. 그는 중국어에 재미 붙여 수업 진도보다 한
참 웃도는 수준으로 학교를 졸업했다.

이곳에서 살고자 마음을 먹었으니, 당연히 이곳 여자와 결혼
해야겠다고 생각했다. 그리고 사랑을 속삭이는 그녀의 자연스러
운 중국어는 헤어 나오지 못할 정도로 사랑스러웠다. 그런데 왜
이렇게 되었을까. 이제는 다 틀렸다. 하루빨리 이 나라를 벗어나
고 싶다. 중국의 국법 안에서, 외국인이 저지른 내국인 살인죄는
어떻게 처리될까. 한국에 도착하자마자 체포되는 모습을 르포

못

다큐멘터리의 한 장면처럼 상상하다가, 관중이 가득한 시장 한 복판에서 교수형당하는 영화 장면을 떠올렸다. 숨통을 죄는 괴로움에 단단히 묶여, 온몸을 발작적으로 비틀다가 이내 축 늘리는 자신의 모습을 상상했다. 행인들은 누구나 공중에 북어처럼 매달린 자신을 욕하며 시체에 돌을 던진다. 그는 상상할수록 점점 더 구체적이고 사실화되는 악몽 속에서 며칠을 보내야 했다.

그러다 어느 날 밤, 비가 추적추적 내리는 덕에 사체 썩는 냄새가 더 고약하게 올라오자 그는 정신을 차리고 휴대폰을 집어 들었다. 그리고 떨리는 손길로 사랑하는 연인의 전화번호를 누르고, 이내 천진한 그녀의 목소리를 듣는다. 그는 금방이라도 오열할 것 같아 입을 막는다. 오랜만에 듣는 그녀의 목소리는 천상에서 들려오듯이 곱디곱지만 너무나도 멀게 느껴진다. 뭐라고 말을 꺼내야 할까. 살려달라고? 도와달라고? 결국 그는 깨닫는다. 그녀에게 아무런 말도 할 수 없다는 것을. 깊게 숨을 내뱉고 그는 종료 버튼을 누른다. 이제 그가 선택할 수 있는 것은 단 한 가지 길뿐이었다.

'단 한 가지 길뿐이었다.'

다음 말을 재촉하듯이 깜빡이는 커서를 눈앞에 두고 나는 망설인다. 그가 선택할 수 있는 단 한 가지 길은 대체 무엇인가. 잠시 가만히 모니터를 마주 보고 앉아 있다가 마우스 쪽으로 손을 옮겼다.

맨 뒤 목록으로 넘어갔다. 크리스마스에 두 주인공이 만나는 장면 밑으로 그의 댓글이 달려 있다. '내가 살고 있는 나라에서는 크리스마스를 공휴일로 치지 않아요. 그러니 공짜 영화표가 생겨도 이곳에서는 어림도 없겠네요.' 그와 나를 이어준 그 짧은 문장을 읽고 또 읽다가 노트북 옆에 놓여 있던 에드거 앨런 포의 검고 두꺼운 〈우울과 몽상〉의 겉표지에 머리를 기대고 피로한 눈을 감았다.

그때 초인종이 울렸다. 나는 택배 기사에게서 작은 상자 하나를 건네받으면서 떨리는 손길로 사인했다. 상자에 붙어 있는 발신자 주소는 멋지게 휘갈겨 쓴 중국 간자체 한문이었다. 노트북을 접은 책상 위에 그 상자를 올려놓고 나는 손톱 끝을 깨물며 잠시 망설였다.

그는 단 한 번도 내게 택배를 보낸 적이 없었다. 내 인생에 흔적이 될 그 어떤 것도 남기지 않았다. 그런 그에게서 처음 온 상자는 매우 가벼웠다. 나는 봉해진 틈새를 커터칼로 가볍게 그어 상자를 열었다.

붉디붉은 비단으로 만들어진 홀쭉한 주머니가 상자 안에 가지런히 누워 있었다. 그 작은 주머니의 한가운데에는 이국적인

못

금빛 실로 수놓아진 복福이라는 글자가 쏟아지듯이 거꾸로 새겨져 있었다. 나는 조심히 손을 뻗어 그 오톨도톨한 글자 겉면을 어루만져 보았다. 복이 쏟아져 들어오기를 염원하는 마음에서 그 글자를 거꾸로 적어놓는다는 그들의 풍습에 대해서 그에게 들은 적이 있었다. 고운 비단이 매끄럽게 손안에 쥐어졌다. 주름이 진 채로 조여져 있는 주머니의 안을 열어보자, 그 주머니 안에서 퍼져 나온 말린 꽃 같은 향기가 콧속에 가득 스몄다. 그러나 그 안에는 아무것도 들어 있지 않았다. 나는 텅 비어 있지만 이국적인 향을 남기는 그 주머니를 들여다보며 한순간 늙어버린 기분이 들었다. 발신인이 불명확한 그 소포는, 아무 말도 없이 끊겨버린 전화처럼 내 마음을 괴롭혔다. 내가 절대로 열어보면 안 되었을 '현실'이라는 구슬 상자의 희뿌연 연기가 걷히자, 내 맨 얼굴이 드러났다. 나는 절대로 그 비단 주머니를 다시 돌려보내지는 못할 것이다.

공항 내 전광판은 형광의 숫자들로 어지러이 뒤덮여 있었다. 의미를 알 수 없는 글자들과 다급하게 재촉하는 숫자들이 계속 눈앞을 맴돌았고, 나는 속이 매스꺼워져 거대한 전광판을 피해 사람들 사이를 걸어갔다. 정확한 행선지를 지닌 발걸음들은 모두 바쁘게 내 어깨를 비껴갔다. 칭다오. 나고야. 로스앤젤레스.

모스크바, 싱가포르, 자카르타, 새로운 출발을 기다리는 그 낯선 글자들이 관자놀이를 쿡쿡 찔러왔다. 공항 내에는 안정적이고 높은 목소리로 안내 방송이 흘러나왔다.

"타이베이 탑승 마감, 도쿄 마감 예정."

라나는 배웅하러 나온 나를 반갑게 여기면서도 놀라워하는 기색이 역력했다. 그녀와 나는 공항에서 마지막 인사를 나눈 적이 한 번도 없었다. 나는 공항에 가는 일을 꺼려했고, 그녀는 무리한 부탁을 하는 일을 꺼려했다. 배웅해주고 싶다는 말을 전화로 건넸을 때, 그녀는 꼭 그렇게 해달라고 기뻐하면서도 의아한 기운을 목소리에서 지우지 못했다.

여행지에서의 수많은 이야기가 가득 들어 있을 단단하고 커다란 캐리어를 수하물로 맡겨놓은 뒤, 라나가 다시 내 옆자리에 돌아와 앉았다.

"나 신혼여행 상하이 가요, 아마도 커다란 만두 먹어요."

그녀의 눈빛은 내 얼굴을 비껴가 이미 함께 중국으로 떠날 누군가를 그리고 있었다. 그녀는 그곳에서 환상적인 나날을 보낼 것이다. 여태까지 내가 기분 나쁜 습기와 먼지로 뒤덮인 쓸쓸한 거리라고 상상해온 곳에서 그녀는 남편과 팔짱을 낀 채 화려한 미소로 사진을 남길 것이다. 나의 기괴한 상상에서처럼 위험한 일이 벌어지지도 않을 것이다. 두 사람은 뜨끈한 김이 피어오르는 만두와 한번 맛을 보면 절대 잊을 수 없는 진한 양념의 동파육 살코기를 맛보며 즐거워할 것이다. 화려한 등불이 매달린 가게에서 우스꽝스러운 인형을 기념품으로 사 오게 될지도 모른다. 그들은 환하고 다정한 나날들 속에서 젊은 날의 중국 여행을 두고두고 앨범 안에 간직하게 될 것이다. 그런 상상을 다시 지워 내려고 고개를 젓고 있을 때 그녀가 물었다.

"왜 만나러 가지 않아요?"

어눌한 외국어 덕분에 어린아이의 순진한 질문처럼 느껴지는 말. 귓가에서 바로 들려오는 그 목소리에 울컥 눈물이 솟았다. 그녀는 모르고 있다. 나는 여태껏 그를 만나러 가지 않은 것이 아니라, 만나러 가지 못한 것이었다.

그러나 나는 미소 띤 얼굴로 대답을 대신했고, 우리에게는 곧 이별의 시간이 다가왔다.

나는 그녀를 따라서 하이힐로 미끄러운 바닥에 힘을 주어 지탱하며 자리에서 일어났다. 구겨진 스커트 끝자락이 손바닥에서 묻어나온 식은땀으로 진하게 물들었다. 드넓은 공항 안을 선선하게 하는 냉각 시스템에도 불구하고 스커트 천이 달라붙은 허벅지 안쪽과 새까만 카디건으로 덮인 등줄기에는 축축한 기운이 느껴졌다. 한 발자국 앞으로 내디딜 때마다 머릿속이 지끈거렸다. 금방이라도, 라나가 설명해주었던 대지진이 땅속 깊은 곳에서부터 옴터올 것 같았다.

"잘 있어요. 늘 미안해요."

"나도… 늘 미안했어요."

우리는 마주 보며 웃었지만, 나는 진심으로 그녀에게 사과하고 싶었다. 라나에게 말한 내 연애는 거짓이었다. 결국 나는 그녀에게 허구의 인물인 것이다. 그러나 끝까지 그런 사실을 몰라도 좋을 그녀는 짧은 인사말을 끝으로 멀어져 갔다. 라나는 끝도 없이 눈앞으로 밀려드는 사람들을 가르며 앞으로, 앞으로 걸어 나갔다. 그녀가 떠나고 난 뒤, 게이트 바깥으로 사람들이 쏟아져 나왔다. 저마다 낯선 이국의 향기를 지우지 못한 채 짐보다 무거운 미련의 발걸음을 질질 끌고 지나간다. 그 사이를 방황하던 내 눈길은 멈춰 서 있는 내 발끝으로 떨어졌다. 끊임없이 어디론가 이동하는 사람들 사이에서 나는 휴대폰을 꺼내들었다. 그러고는 한참 망설이던 말을 적었다.

'지금까지 미안했어. 안녕, 잘 지내.'

대답은 오지 않았다. 나는 공항 한가운데에 못처럼 박혀 있던 하이힐의 뒷굽을 움직여 걷기 시작했다. 어느 곳에도 온전히 풀어놓지 못할 짐꾸러미를 열어 털어버린 사람처럼 허전하고 후련해졌다. 나는 여행을 떠나온 사람들 속에 섞여 낯선 걸음으로 공항을 빠져나갔다.

베란다에 서서 물방울을 추락시키는 일이 가장 좋았다. 맹물이 담긴 컵과 빨대 하나만 있으면 준비는 끝났다. 입술 끝에 빨대를 물고 가만히 숨을 들이쉬어 컵에 담긴 물을 빨대 안으로 빨아올린다. 그러곤 베란다 밖으로 가차 없이 훅 불어내는 것이다. 투명한 액체는 아주 짧은 찰나, 공중에서 햇살을 받으며 사라진다.

"어디 갔지?"

혹여나 저 멀리 아스팔트 바닥에 떨어지는 모습이라도 볼 수 있을까 싶어 난간 밑으로 허리를 숙일 때면, 난간을 꼭 쥔 손바닥 안에 잔뜩 땀이 배어났다. 빠르게 곤두박질치는 심장이 온통 머리 쪽으로 쏠리는 듯했다. 뱃속이 울렁이는 그 설렘이 참 좋았다. 저 아래는 아득히 먼 타지처럼 낯설게 느껴졌다.

손목에 힘을 주어 다시 똑바로 난간 앞에 섰을 때는 다시 새로운 삶이 시작된다. 오묘한 개운함이 눈앞 가득 찰랑거렸다. 그

때 나는 내가 무얼 하고 있는 것인지 정확히 알지 못했다. 혼자만의 비밀스러운 놀이를 즐겼던 것뿐이었다. 빨대가 든 머그컵을 바닥에 내려놓고 엘리베이터로 달려가던 그 순간에는, 마치 옆 동네 불구경이나 낯익은 이웃의 부부싸움을 관전하러 가는 것처럼 일그러진 호기심이 일었다. 발을 동동 구르며 세상의 변화에 대해 기대했다. 그러나 막상 지상에 내려와 섰을 때는 여느 때와 마찬가지로 묵묵히 흰 선 안쪽으로 고개를 박고 멈춰 서 있는 승용차들과 거무죽죽한 아스팔트, 간간이 지나다니는 사람들뿐이었다. 빨대 쥔 손끝을 떨면서 떨어뜨린 것의 흔적은 조금도 남지 않았다.

그때, 내가 떨어뜨린 것은 대체 무엇이었을까? 기운 없는 발걸음으로 다시 집 안에 돌아와 지루하게 시간을 지키고 있으면 어머니가 퇴근길에 마트 로고가 찍힌 묵직한 비닐봉지를 들고 돌아왔다. 거실과 이어진 부엌의 식탁 위에 묵직한 봉지를 내려놓음과 동시에 어머니는 건조한 한숨을 내쉬곤 했다. 그러곤 버석하게 마른 머리카락을 올려 묶고 야채를 씻고 냄비에 물을 올렸다.

어머니에게는 촉촉한 구석이 조금도 없었다. 늘 드라이클리닝 된 코트에 감싸여 단단하게 고정된 머리칼을 매만지며 출근했다. 어머니는 누군가의 생명에 값을 매기고 그걸 보장하는 일을 했다. 보험증서가 든 파일을 차곡차곡 정리한 가방을 단정하게 어깨에 멘 모습으로 돌아오길 반복했다. 사람들은 깔끔한 말투와 인상의 어머니를 신뢰했다. 구획을 나누듯이 단정하게 정리되는 죽음의 계획표가 그들의 지갑을 열게 했다.

만약 사람의 생명이 한 방울의 물이라면, 그래서 언젠가는 단단한 바닥으로 떨어져 아무도 모르게 바닥을 적신다면 내 어머니는 다를 것이다. 어머니는 바닥에 부서져내려 가루가 될 것이다. 그러곤 풍화되어, 서서히 사라질 것이다. '나'라는 흔적을 남긴 채로.

"식탁에 떨어뜨리지 말고 먹어."

행주로 매끄러운 대리석 식탁 표면을 말끔하게 닦아내면서 어머니는 한숨 섞인 목소리로 중얼거렸다. 그러나 조심하려고 노력해도 언제나 흔적이 남았다. 흔적을 지우는 것보다 남기는 것에 더 익숙한 나이였다. 스파게티 소스가 동그랗게 말라붙은 자국을 손톱으로 긁어내는 모습을 어머니에게 들킬까 봐 두려웠다. 어머니의 눈에 띄면 손톱 밑살이 화끈해질 때까지 깨끗이 닦아야 했기 때문이다.

어머니는 누군가를 맞이할 때면 잠시도 가만있지 못했다. 몸집보다 더 큰 겨울옷 상자를 개봉해서 나프탈렌의 퀴퀴한 냄새가 배어들지 못하도록 옷을 털어 다시 곱게 개어 넣거나 창문마다 달린 모기장을 떼어내 소독약으로 닦아내어 다시 달았다. 티끌 하나라도 방문객의 눈에 띌까 봐 두려워했다.

여태 세 번의 이혼을 치를 때마다 어머니는 늘 몸을 가누지 못하고 며칠씩 앓아누웠다. 절대로 지워지지 않는 오물을 몸에 묻힌 것처럼 진저리를 쳤다. 이웃집에서 사람이 찾아와 어머니를 침대에서 일으켜 옮겨내면 베갯잇은 늘 물에 흥건히 젖어 있곤 했다.

아버지가 바뀔 때마다 소파의 푹 꺼진 부분은 달라졌다. 그들이 티브이를 시청하는 포즈에 맞춰 소파의 매트리스는 가운데 혹은 구석이 주저앉아 엉거주춤한 모양새가 되어버리곤 했다. 그러나 어머니만은 늘 같은 자세로 부엌에 서 있었다. 나는 그런 어머니와 아버지들을 관람하는 자세로 베란다 혹은 방문 틈에 웅크려 앉아 놀곤 했다.

각각의 개인이었을 아버지들은, 하나의 덩어리처럼 기억되었다. 뭉뚱그려진 아버지라는 그림 속에서 나는 정확히 세 명을 갈라낼 수 없었다. 어머니의 바싹 마른, 톡 치면 부스스 가루가 되어버릴 것 같은 어깨를 쥔 아버지들의 손등 같은 것만이 잔상으로 남았다.

나는 멀리 중동의 공사판에서 건설업을 하던 새까만 얼굴의 아버지도, 자동차 판매업을 했다던 대머리의 마른 아버지도, 아무것도 하지 않고 늘 운동복 차림으로 공책에 글을 끼적대곤 했던 푸른 수염 자국의 아버지도, 그 누구도 흥미롭지 않았다. 특별히 인상 깊은 부분이라거나 함께했던 동안의 추억도 풍족하지 않았다. 우리는 같은 거실과 어머니를 공유하는 하숙생 관계였을 뿐이다. 그들에게도 나는 베란다의 화분 같은 존재에 지나지 않았다. 빨대를 입에 물고 베란다에 서 있어도 그들은 나를 눈치채지 못한 듯이 내 옆에 가만히 서서 담배 연기를 깊게 내뿜었다. 그러다가 물이 담긴 컵 안에 꽁초를 던져 넣곤 했다. 투명한 물 안에 구겨진 꽁초와 잔재가 떠다녔다. 그러나 나는 아무렇지도 않았다. 그들은 그저 택배 아저씨나 가스 점검 아주머니처럼 우리 집에 잠시 머물렀다가 가는 타인일 뿐이었다. 단지 머무는 시간을 조금 더 지켜봐야 했지만, 그것도 나중에 떠올려보면 '찰나'였다.

"지금부터 엄마가 할 얘기를 다 이해할 필요는 없어."

된장국 안의 두부를 수저로 조각내며 어머니는 중얼거렸다. 계란말이를 입에 가져가는 순간이었다. 계란말이 속에 시금치가 들어 있을 거라곤 예상하지 못했기 때문에 나는 입안에 넣은 것

톡

을 뱉어내지도, 삼키지도 못했다.

어머니의 모든 첫 만남은 극적이었다. 새로운 아버지들은 옆 자리가 비어 있으면 금세 채워 앉는 만원 버스 안의 승객처럼, 거실로 비집고 들어왔다. 그리고 그들은 그 자리에 꼭 맞았다. 꼭 맞지 않다면 어머니가 곧 그렇게 만들었다. 어머니는 늘 첫 식사자리에서의 그들을 새하얀 와이셔츠와 푸른 넥타이 차림으로 꾸몄다. 그러곤 푸른 브로치를 단 채로 그의 옆에 앉아 내게 웃어 보였다. 그럴 때에 나는 어머니가 원하는 미래가 어떤 것인지 잠시 상상하곤 했다.

어머니는 길러내는 것에 재주가 있었다. 베란다를 나란히 채운 화분 속에서 길게 뻗은 난초 잎들은 모두 선명한 녹색으로 번들거렸다. 어머니는 원하기만 한다면, 시들어가던 이파리도 얼마든지 싱싱하게 되살릴 수 있었다. 화분 속 식물들은 세 명의 인간이 떠나간 시간 동안 어느 줄기 하나 말라비틀어지지 않고 뿌리 내린 채 의연하게 자랐다. 모두가 고요히, 어머니가 뿌려주는 물줄기에 젖으며 그 자리에 나와 함께 있었다.

"우리는 누가 봐도 어울리는 한 가족이 될 거야."

익숙한 결말로 이야기를 끝맺는 어머니를 보며 나는 쌀밥과 함께 무수한 말들을 꼭꼭 씹어 넘겼다. 달라지는 것은 없다. 단지 어머니가 퇴근 후에 집에 돌아와 차려내는 저녁 밥상에 그 언젠가 그랬던 것처럼 한 명분의 식사가 늘어나는 것뿐이었다. 그럴 때에 식탁 중앙에 앉은 그는, 따뜻한 저녁 밥상이 차려진 식탁에서 훈훈한 기운을 느끼며 이 가정을 잘 이끌어 나가야겠다는 다짐을 할 것이다. 나는 그럴 때 그들이 짓는 눈빛을 잘 알고 있다. 그 책임감은 무덤덤한 일상보다 질기지 못하다.

그러나 유달리 일찍 퇴근해 분주하게 식탁과 싱크대를 오가는 어머니가 밥그릇을 네 공기 꺼내놓는 것을 본 순간, 이번에는 변수가 생겼다는 것을 깨달았다. 네 번째 아버지는 자식이 있었다.

"유리라고 해. 이제부터 너희는 친자매처럼 지내야 한다."

생긋 웃을 때 콧잔등이 찌그러지며 잔뜩 주름이 지는 것이 똑 닮은 부녀였다. 친자매가 어떻게 지내는지 나는 알 수 없었지만, 적어도 그 애와 내가 그렇게 될 수 없으리라는 것은 분명하게 알 수 있었다. 나를 바라보는 그 눈동자가 호기심과 순수한 관심으로 반들거렸다. 뾰족하게 튀어나온 덧니를 내보이며 그 애는 내게 입 모양만으로 속삭였다.

'안녕?'

여린 분홍의 원피스를 차려입고 긴 머리칼을 딸기 모양 방울로 묶은 그 애를 보자마자 어머니는 단번에 와락, 무릎을 꿇어 그 아이를 껴안았다. 그 모습을 내려다보며 내 어깨를 두드리는 새아버지 곁에서 나는 시선을 비껴 베란다 밖을 응시했다.

피가 섞이지 않았다는 것은 결국엔 서로 마음이 섞일 수 없다는 뜻인지도 몰랐다. 어머니가 정성스레 다져 만든 두툼한 햄버그스테이크를 썰면서 그 애는 의자에 앉아 종아리를 앞뒤로 흔들어댔다. 그러곤 식탁 밑으로 슬그머니 다가와 내 손을 움켜쥐었다. 손끝의 악력이 절대 나를 놓아주지 않을 것 같아서 두려웠다. 나와 눈이 마주치면 여과 없는 햇볕처럼 쨍하게 웃었다. 나는 눈살을 찌푸리며 그 눈부신 미소를 피했다.

"자, 이렇게 공중에 띄우는 거야. 언니 따라서 해봐!"

그 애는 갑자기 맡게 된 언니라는 역할에 적응하는 능력이 탁월했다. 혼자만의 비밀스러운 놀이를 위해 빨대를 주머니에 숨긴 나를 내내 지켜보고 있다가, 내 빨대 끝부분을 가위로 두어 번 잘라내 꽃봉오리처럼 벌려 놓았다. 물컵에는 주방 세제를 풀어 넣었다. 그 애가 선홍색 입술을 오므려 숨을 불어넣을 때마다 꽃 대궁 같은 빨대 끝에서 보얗게 비눗방울이 부풀어 올랐다. 비눗방울은 베란다 턱을 넘어서도 추락하지 않고, 바람결에 가볍게 떠올랐다. 햇살이 통과하며 여러 빛깔로 시시각각 변하며 유유히 떠 있었다. 그 풍경을 바라보는 동안에도 나는 그 애와 한 발자국 멀리 떨어져 있었다.

내가 그 애를 미워했다는 것은, 내 자신에게도 비밀이었다. 비눗방울이 바람에 실려 집 안으로 다시 되돌아왔을 때에 그 애는 환호했다. 손뼉을 치며 아이답게 웃었다. 비눗방울을 후후 불어 바닥에 떨어지지 않도록 하는 놀이를 하자며 들뜬 목소리를 내었다. 나는 아이답지 못하게 눈을 가늘게 뜬 표정으로 고개를 저었다. 그 애는 입을 동그랗게 오므린 채 물 안에 떠다니는 떡밥을 먹기 위해 움직이는 어항 속 붕어처럼 고개를 이리저리 비틀며 베란다 타일 바닥 위를 돌아다녔다. 그 애의 얇은 입김에 괴롭힘을 당하던 비눗방울이 공중에서 톡 터져버렸을 때, 내 안에서도 무언가가 터지는 소리를 들었다.

순식간이었다. 붉은색 도트 무늬 치마가 나팔꽃 피듯이 펼쳐져 뒤집어졌다. 수박이 떨어져 깨지듯 둔탁한 소리가 났다. 그 애는 너무나도 조용해졌다. 등 뒤의 건전지가 뽑힌 인형처럼 팔다리를 아무렇게나 펼친 채 널브러졌다. 뒤통수에서 넘어온 머리카락이 흰 얼굴을 뒤덮고 있었던 것은 나에게는 행운이었다. 만약 그 애가 눈을 뜬 채로 날 바라보았더라면 나는 한 발자국도 뗄 수 없었으리라. 하얀 팬티를 내보인 채 늘어진 그 애의 몸뚱이와 귀퉁이가 붉게 물든 사기 화분을 넘어서 현관을 빠져나왔다. 얼마 전 어머니가 분갈이를 해준 난초 줄기가 꺾여 고개를 숙였다. 엘리베이터를 타고 내려가는 내내 나는 떨리는 어깨를 두 팔로 꼭 감싸 안고 있었다.

톡

그리고 마침내 아득히 높은 저 위, 그 애가 누워 있을 베란다 난간 쪽을 올려다보았을 때, 이마 위로 차가운 물방울이 떨어졌다. 갑자기 내리기 시작한 소나기를 맞으면서 나는 생각했다. 앞으로도 그 애를 언니라고 부를 날은 오지 않을 것이라고.

"넌 어디에 있었니."

거실에 웅크려 앉은 어머니는 거대한 화분 같았다. 그 애가 신었던 흰색 레이스 양말이 비눗물에 젖어 있었고, 베란다 타일 위에서 미끄러지는 바람에 화분에 머리를 부딪쳤다. 사인은 뇌진탕이었다. 그 얘기를 전해준 것은 하나뿐인 딸을 잃은 새아버지였다. 그는 내 어깨를 꾹 쥔 채로 얼굴을 눈물로 뜨겁게 적셨다. 그러나 나는 꼼지락거리는 내 발가락만 내려다볼 뿐이었다. 새아버지가 짐을 정리해서 떠난 뒤에도 어머니는 거실 한가운데에 뿌리박혀 있었다. 그가 쥐었던 어깨뼈에 가끔 아릿한 통증이 느껴졌다.

"묻잖아. 넌 어디에 있었니."

어머니는 베란다 쪽을 응시하며 혼잣말을 했다. 무미건조한 목소리가 방향을 틀어 나를 쏘았다. 어머니는 내 모습이 유리창같이 투명해져 찾을 생각을 포기한 사람처럼 시선을 멀리 두었다. 어디서부터 말을 꺼내야 할까. 나는 초조해졌다. 기억 속에서 이야기할 부분을 찾아 헤맸다. 벽시계 초침이 고요한 거실을 가득 메웠다. 그 애가 식탁 밑으로 내 손을 쥐었을 때? 아니면 내가 빨대로 물방울 만드는 놀이를 시작하면서 사실은 난간 밑으로 쑥 빠지는 상상을 했을 때? 그 애가 콧잔등을 찡그리며 웃었을 때? 아니면 나와 전혀 닮지 않은 다른 아버지들과 처음 만나던 모든 그때? 머릿속으로 소낙비처럼 기억이 쏟아져 내렸다. 그 혼란 속에서 허둥대고 있을 즈음, 어머니가 속삭였다.

"나는 네가 무섭다."

어머니는 홀로 사막의 밤을 맞이하는 선인장처럼, 가시 돋친 몸을 웅크렸다. 그 숨소리가 너무나 건조해서, 금방이라도 어머니의 콧구멍에서 흐느끼는 숨소리와 함께 모래알이 쏟아져 나올 것만 같았다. 장례식장에서 어머니는 울지 않았다. 입관식이 끝날 때까지 우리는 새아버지 가까이 다가가지 못하고 근조 화환 옆에 서 있었다. 모두가 당연하게 우리 곁을 스쳐 지나갔다. 이따금 이쪽을 바라보며 검은 옷의 무리들이 수군거렸다. 어머니는 내리는 빗물처럼 그 속삭임을 맞으며 그저 눈을 감았다.

그날, 경찰이 찾아와 나를 데려갔다. 종이컵에 담긴 미지근한 코코아를 내려다보면서 나는 대답했다.

"두둥실 떠다니는 비눗방울을 보았어요."

그러나 경찰은 수상한 사람을 주위에서 마주친 적은 없는지,

평소 방과 후에는 그 애와 뭘 했는지, 현관문이 잠겨 있었는지, 세세한 것을 더 집요하게 물어왔다. 나는 질문의 홍수에 빠져 숨을 헐떡였다. 내 머릿속에는 오색으로 빛나는 비눗방울이 톡, 터지던 순간의 그 찬란한 빛깔만이 남아 있었다.

"잘 모르겠어요."

그 대답을 끝으로 더는 아무도 찾아오지 않았다. 그리고 어머니가 우리 둘만 남은 식탁으로 누군가를 다시 데려오는 일은 없었다. 그로부터 한참 후, 집 안으로 누군가를 데려온 것은 나였다.

흐린 제비꽃 색 한복에 파묻힌 어머니는 홀로 앉아 손수건으로 눈물을 닦아냈다. 얼굴 곳곳이 마른 종이처럼 구겨져, 인상을 찌푸리면 우는 것인지 웃는 것인지 구분되지 않았다. 사위가 될 남자의 두 손을 꼭 잡으며 어머니는 가래 끓는 목소리로 말했다.

"젊을 적 애 아버지를 꼭 빼닮았구나."

어머니가 머릿속에서 어떤 아버지를 그리고 있는지 모르지만 내 머릿속에는 뚜렷하게 떠오르는 얼굴이 없었다. 그러나 유리의 찡그리듯 웃는 얼굴만은 선명하게 그려낼 수 있었다. 잠결에 뒤척이는 순간, 혹은 설거지를 하려고 수돗물을 틀었을 때, 무심코 그 얼굴을 떠올렸다. 그것은 내 의지와는 상관없이 머릿속에서 불쑥 튀어나오는 잔상 같은 것이었다.

남편이 될 남자의 손을 잡고 붉은 카펫 위를 걸어 나갈 때에 흰 드레스 자락에 비눗방울이 떨어져 달라붙었다. 사방에서 터지는 폭죽의 굉음이 들려올 때까지 나는 비눗방울에 정신을 빼앗긴 채로 있었다. 그는 피곤하지 않은지 염려하며 내 얼굴을 살폈다. 자상한 눈빛과 목소리가 어딘지 낯이 익은 남자였다. 그러나 그가 내 아버지 중 누군가를 닮은 것이라고 하더라도 나는 아무 상관 없었다. 기억하지 못하는 것에는 그리움이 없다.

그는 나를 보호해주고 싶다는 말로 프러포즈를 했다. 그 순간 나는 뒷목이 차가워졌다. 누군가가 갑자기 나를 위험한 상황으로 떠밀 것 같은 두려움을 느꼈다. 그의 말로 인해 나는 언제고 곤경에 빠질 수 있다는 사실을 떠올렸던 것이다. 며칠 뒤 그가 새빨갛게 피어난 장미 다발을 들고 집 앞으로 찾아와 초인종을 눌렀고, 나는 그를 집 안으로 들였다. 혼자인 장모와 함께 셋이 살고 싶다는 말을 할 때의 그는 흰 와이셔츠에 파란 넥타이를 하고 있었다. 무릎 꿇고 앉은 그의 앞에서 어머니는 웅크린 어깨를 떨며 한참 소매를 적셨다. 나는 그의 곁에 앉아서 그런 어머니를 미소로 바라보았다. 그렇게 우리는 누가 봐도 어울리는 한 가족이 되었다.

"다녀올게. 장모님하고 단둘이 있으니까 문 잘 잠그고."

그가 출근할 때에 함께 엘리베이터를 타고 내려와 쓰레기장

톡

에서 분리수거를 할 때면 그는 몇 번이고 뒤를 돌아봤다. 주차장에서 그가 탄 차가 멀어질 때까지 서 있다가 다시 엘리베이터를 타러 현관 앞까지 걸어가면서 나는 항상 베란다 쪽을 올려다보곤 했다. 난간에 집게로 집어놓은 얇은 이불보가 바람결에 사정없이 나부꼈다.

만약 그 애가 미끄러진 방향이 난간 쪽이었다면 어땠을까. 아마도 나는 밖으로 떨어진 가장 커다란 물방울을 보게 되었을 것이다. 집에 돌아와 싱크대 앞에서 손을 닦으면서 식탁 위의 유리병을 바라보았다. 붉은 장미가 가득 꽂혀 있었다. 일을 그만둔 뒤 어머니는 한동안 문화센터에서 꽃꽂이를 배웠다. 어머니는 늘 성실하게 수업에 나갔지만, 즐거워 보이지 않았다. 플로리스트로 오래 활동을 해왔다는 선생은 어머니의 작품을 좋아해주지 않았다.

"어머님 작품은 단정하지만, 농담이 없어요. 재밌는 부분을 찾을 수가 없어요."

그 얘기를 몇 번이나 집에서 반복하던 어머니는, 그다음 날부터 수업에 나가지 않았다. 붉은 장미는 유리병 안을 빼곡하게 채우고 있었다. 코르셋에 허리가 조여진 중세시대의 미녀들처럼 입구가 좁은 유리병에 겨우 끼인 채로 모두 얼굴을 사방으로 내민 채로 활짝 피어 있었다. 향긋한 향이 전해졌다. 그러나 유혹적으로 붉은 그 꽃들은 조금도 매력적이지 않았다. 매끈한 줄기에는 가시가 하나도 남아 있지 않았다.

"장모님 말이야, 좀 이상해지셨어. 방 안에서 하루 종일 저러고 계시잖아. 혹시 치매 아닐까 싶은데."

남편은 매일 퇴근길 장모를 위한 꽃다발을 사왔다. 어머니는 장미꽃 다발을 풀어 장미 줄기에 가득 돋친 가시를 뜯어냈다. 어찌나 섬세한 손길로 뽑아내는지 단 한 번도 피를 본 일이 없었다. 곁에서 지켜보고 있노라면 뒷목이 뻣뻣하게 긴장될 정도로 아슬아슬한 작업이었다. 나는 손끝을 떨다가 예리한 가시 끝에 찔려 붉게 피를 보게 되는 상상 때문에 그 광경을 피해 고개를 돌리거나 방에서 나가버리곤 했다. 파상풍 예방 주사를 맞아야 한다고 해도 어머니는 고집스레 고개를 저었다.

귀 기울이면 톡톡 가시 뽑는 소리가 들려오는 것 같았다. 활짝 핀 꽃은 모조리 거세되어 젖은 신문 위에 가지런히 나열되어 있었다. 그리고 마치 기계의 작은 부품처럼 똑같은 모양을 하고 있는 가시들은 방구석에 몰아놓은 채 어머니는 만족스럽게 잠에 빠지곤 했다. 나는 자주 그 꿈을 꾸었다.

그 애가 치마를 펄럭이며 뒤로 넘어가는 순간, 어린 나는 소리를 지르기도 했고 그 애를 잡아주기 위해서 몸을 날리기도 했으며 그 애를 차라리 난간 밖으로 내던져버리는 때도 있었다. 붉은 도트 무늬의 치마가 뒤집어지며 하얀 팬티가 드러나는 그 순간은 몇 번이나 반복되며 내게 그 죽음을 선명히 확인시켜 주었다. 널브러진 그 애를 보고는 놀라 뒷걸음질 치던 내가 난간에 등이 닿은 채 그대로 밖으로 거꾸러지는 꿈도 있었다. 그럴 때면 전기 오른 듯 사지를 떨며 꿈에서 깨어났다. 꿈에서 그 애를 보고 나면 한동안 어둠에 가려진 형광등을 올려보며 숨을 골랐다. 혹시 꿈속의 어떤 부분은 현실이 아니었을까.

새벽어둠이 자욱한 시각, 어머니가 내 어깨를 조심히 흔들어 깨웠다. 밥때가 한참 지나 지쳐 잠이 든 아이를 깨우는 듯한 모양새였지만, 사실 깊이 잠들어 있어야 할 새벽이었다. 미간을 단단히 찌푸린 채 어떤 꿈을 헤매는 중인지 모를 남편은 깊은 숨소리를 내쉬었다. 나를 깨우던 어머니가 슬그머니 방 밖으로 나가고 난 뒤에 나는 눈을 떴다.

다시 잠들고 싶지 않았다. 갑자기 일어나 앉으니 머리 쪽으로 모여 있던 모래알들이 순식간에 발가락 끝까지 쏟아져 내린 듯 현기증이 일었다. 눈동자 바깥쪽으로 자잘한 공기 방울이 유유히 떠다니는 것 같았지만 아무리 손을 내저어도 사라지지 않았고, 눈을 질끈 감으면 그 움직임은 오히려 더욱 선명해졌다. 비문

증이 심해진 것을 느끼며 나는 비스듬히 열린 문밖의 빛을 쫓아 걸어 나갔다.

밥상을 앞에 둔 어머니가 식탁 한편에 오도카니 앉아 있었다. 어머니는 호박과 감자 같은 것이 잔뜩 들어 있는 매운 찌개를 국자로 퍼내어 앞 접시에 담아주었다. 벽시계는 새벽 세 시와 네 시 사이에서 초시계를 바삐 돌리고 있었다. 말없이 수저를 들었다. 찌개는 식도를 넘어가며 칼칼한 향으로 뱃속을 긁었다. 밥공기는 하나뿐이었다. 어머니는 내 수저를 가만히 눈으로 쫓다가 일순 속삭였다.

"나는 다 알고 있어."

이리저리 휘감긴 채 접시에 담긴 숙주나물 무침 위로 공기 방울이 떠다녔다.

"너는 늘 못마땅한 얼굴이었어. 끔찍해서 못 견디겠다는 얼굴을 했었지."

파르란 입술이 떨리고 있었다. 어머니는 거울처럼 거실을 비추는 베란다 창가를 응시하고 있었다. 나는 그 시선 속에서 존재하면서도 존재하지 않는 무언가가 된다. 입안에서 뒤섞이던 밥알과 나물이 가시가 되어 입천장을 긁어댔다.

어머니의 눈동자는 현재가 아닌 다른 어느 시점의 거실을 보

톡

고 있는 것 같았다. 그러나 그것이 언제인지 가늠할 수 없다. 사람의 뇌는 마음대로 시간들을 뜯어 붙이고 날리며 기억을 재구성한다. 어머니가 앓고 있는 병은 그런 속임수에 약했다. 입안에서 잘게 다진 음식물을 목 뒤로 겨우 넘겨내는 동안, 어머니는 속삭였다.

"그래, 너도 다 알고 있지."

어머니의 어깨가 왼쪽으로 쏠리듯 치우쳐 있다. 그로 인해 고개가 비스듬히 기울었지만 시선은 올곧게 한곳을 향해 있었다. 어머니의 세계는 이렇게 점점 붕괴되어가는 것일까. 나는 어머니를 등 뒤로 한 채 베란다 쪽으로 걸어갔다. 어둠은 물러날 기색이 없었다. 종말의 예언처럼 낮게 중얼거리는 목소리는 묵직한 증오를 품고 있었다. 공기 중을 맴도는 어머니의 목소리가 귓가를 어른거린다.

"그때 분명 넌 베란다에 있었어. 맞은편 아파트 옥상에 서 있던 남자가 말했지. 마치 새하얀 솜사탕이 떨어지는 것 같았다고. 그래, 유리는 아주 가벼운 아이였어. 너도 기억하지? 네 종아리에 뽀얀 털을 부비며 지나다녔잖아."

"어머니, 유리는 사람이었어요. 여자아이였다고요."

새하얀 털 사이로 귀가 쫑긋 솟은 그 개의 이름이 무엇이었던가. 어느 아버지의 품에 안겨 집으로 들어온 순간부터 왕왕 짖는 소리로 집 안 곳곳을 점령했다. 거실 소파 위, 혹은 식탁 밑에 웅크리고 앉아 있던 그 개는 까만 눈동자를 굴리며 내 발소리에 귀를 세웠다. 나는 보았다. 멀리 퍼지며 점점 작아지는 개의 울음을. 난간 밖 틈에 딸기잼처럼 달라붙은 핏물을. 난간을 붙잡은 손바닥이 축축해져 자꾸만 손이 미끄러졌으나 난간을 놓을 수가 없었다. 누군가 내 어깨를 잡을 때까지.

"너는 눈 하나 깜짝하지 않았어."

바짝 말라비틀어진 난초들이 고대 유물처럼 베란다에 나란히 늘어서서 고개를 숙인 채로 숨죽이고 있었다. 어머니는 더 이상 식물을 기르지 않았다. 물을 주는 일도, 들여다보는 일도 없었다. 가시를 떼어낼 수 있는 장미 외의 다른 식물에는 조금도 관심을 주지 않았다. 어머니 대신 내가 주는 물을 마시고는 모든 화분의 식물들이 시들어갔다. 내게는 무언가를 길러내는 재주가 없었다. 내게 있어서 어머니를 닮은 부분은 어디일까.

"너는 눈 하나 깜짝하지 않았어!"

차분하게 가라앉은 새벽 공기를 가르며 어머니의 목소리가 퍼져나갔다. 어머니는 절대 화를 내는 법이 없었다. 세 그릇에서 두 그릇으로 다시 줄어든 식탁을 치울 때에도, 적막뿐인 거실에서 소파의 푹 꺼진 자리를 어루만질 때에도, 황폐한 거실 한구석에서 창문 사이로 바람이 새듯 가느다랗게 흐느끼는 소리만 들려올 뿐이었다. 어머니는 갑자기 오한을 느끼는 듯 두 팔을 교차해 어깨를 감싸며 자리에서 일어섰다. 그리고 유난히 얇고 작은 입술을 꾹 다물고는 아무 일 없는 듯이 유령처럼 방으로 들어가 문을 잠갔다. 발소리가 들리지 않자, 처음부터 부엌에 나 혼자였던 것처럼 느껴졌다. 미지근하게 식은 쌀밥을 한 수저 떠 입안으로 밀어 넣었다. 모래를 씹는 것처럼 혓바닥이 쓰라렸다.

"안전벨트 제대로 매셔야죠."

남편은 어느 때보다 자상한 목소리로 손수 뒷좌석 문을 열어 몸을 구부린 채 안전벨트를 끼워주었다. 어머니는 고맙다는 말 한 마디 없이 옷 꾸러미를 넣은 가방을 가져다 품에 안았다. 남편은 장모에게 새벽에 끓여놓으신 찌개가 매우 맛있었다는 말도 했지만 어머니는 대답이 없었다. 차에 타기 전에 남편이 건넨 붉은 장미 한 다발도 어머니의 흥미를 끌지 못했다. 아파트 단지 내의 주차장을 빠져나갈 때 어머니는 베란다 쪽을 하염없이 올려다보며 눈으로 쫓았다.

남편은 어머니를 안심시키려는 듯 끊임없이 요양시설에 관해 이야기했다. 도우미분들은 모두 요양보호사 자격증을 소지하고 있으며, 그곳은 정신 치료 프로그램이 잘 짜인 몇 안 되는 시설 중 하나라고 했다. 병원보다는 호텔에 가까운 편안한 분위기가

장점이고 인테리어 공사를 수시로 해온 현대식 건물이라 시설이 매우 깨끗하다는 점도 이야기했다.

창밖으로 시선을 돌린 어머니는 계속되는 남편의 이야기에 아무런 대꾸도 하지 않았다. 그저 바람이 이는 대로 흔들릴 수밖에 없는 숙명을 타고난 갈대처럼, 휘청휘청 고개를 움직일 뿐이었다. 새벽의 일은 전혀 기억하지 못하는 것이 분명했다. 어떤 물음에도 어머니는 입술을 꾹 닫은 채 창밖 풍경을 바라보고 있었다. 조용하다 못해 싸늘하게 차 안을 감도는 분위기를 참지 못해 이것저것 쓸데없는 이야기를 늘어놓던 남편도 곧 지쳤다.

"장모님, 입실하기 전에 근처에서 식사라도 하고 갈까요?"

대답 없는 뒷좌석을 향해 그가 고개를 슬쩍 틀며 우회전을 할 때였다. 그 어느 날 그랬던 것처럼, 순식간이었다. 새하얀 무언가가 앞 범퍼로 뛰어들었다. 그 찰나에 아무 소리도 낼 수 없었다. 바닥과 마찰하는 바퀴는 뺨을 긁힌 아이처럼 끔찍한 비명을 내질렀다. 진공 상태에 빨려 들어가듯 심장이 앞으로 쏟아졌다가 다시 등받이에 돌아와 파묻혔다. 뭐였지? 내가 속으로 생각했을 때, 그가 스스로에게 묻듯이 속삭였다.

"뭐였지?"

죽었나? 내가 생각하자 그가 벨트를 풀며 속삭였다.

"죽었나?"

톡

우리는 서로 마주 보았다. 그리고 서로의 눈동자에 새까맣게 부풀어 오르는 공포를 보았다. 남편이 뒤늦게 떠오른 듯이 급히 뒤를 돌아보았다.

"장모님! 괜찮으세요?"

어머니는 고개가 모로 꺾인 채 가슴께를 손바닥으로 꾹 누르고 있었지만 제대로 눈을 뜰 수 있었다. 동그랗게 벌어진 입 밖으로 흘러나오는 밭은 숨이 어머니가 살아 있음을 알려주었다. 길목은 행인 하나 없이 고요했다. 주차된 차들의 불 꺼진 헤드라이트만이 탁한 시선을 보내오고 있었다. 내가 먼저 벨트를 풀고 문밖으로 몸을 내밀었다. 천천히 걸음을 옮겨 헤드라이트 불빛이 비추는 앞쪽으로 다가갔다.

새하얀 원피스를 입은 여자아이였다. 몸을 웅크린 채 등을 보인 여자아이의 옷에 핏물이 번져 치맛자락에 물방울무늬로 수를 놓고 있었다. 바들바들 떨리는 고개를 돌려 운전석에 여전히 앉아 있는 남편을 바라보았다. 남편은 내 표정에서 심상치 않은 기운을 읽고는 새파랗게 질린 얼굴로 다짐하듯 입을 꾹 다물었다. 그러곤 차 밖으로 저벅저벅 걸어 나왔다. 그러나 차 앞을 확인하고는 길게 한숨을 내쉬었다.

"뭐야, 개였잖아."

비겁하게 안도하는 얼굴에 침을 뱉어주고 싶었다.

"무슨 소리야? 개라니? 그렇게 생각하면 죽은 애가 없어지기라도 해?"

절망적이지만 어쩔 수 없다. 이미 벌어진 일이었다. 침착해야만 한다. 아이의 부모는 이 근처에 있을까? 주변 어디선가 아이의 이름을 부르며 달려오진 않을까? 구급차를 부르는 건 이미 허사일 게 분명했다. 나는 숨이 끊어진 생명의 팔다리가 어떻게 널브러지는지 잘 기억하고 있었다.

"병원, 병원으로. 아니, 경찰에……."

아스팔트 위의 핏자국을 내려다보며 중얼거리는 내 곁으로 다가온 남편이 내 어깨를 쥐며 웃었다.

"무슨 소리를 하는 거야. 그냥 로드킬 사고잖아. 운전자들 누구에게나 있을 수 있는 일이라고. 예전에 아주 큰 돼지를 친 적도 있는걸. 이런 건 그냥 두고 가면 시청이든 도청이든 청소부들이 다 알아서 해. 아무 탈 없게 기도까지 해 올린다는 거 같더라. 우리가 신경 쓸 일이 아니야."

어머니가 뒷문을 열고는 걸음마하는 아이처럼 천천히 걸음을 떼며 나왔다. 여전히 가슴께를 손으로 짚은 상태였다. 급정거할 때에 어딘가에 부딪혔는지 왼쪽 다리를 절뚝거렸다. 그러나 그 느린 걸음으로도 기어이 사고 현장까지 걸어와 처참한 모습을 목격했다. 믿을 수 없다는 듯이 고개를 저으며 뒷걸음질 치던 어머니는 남편이 부축하기도 전에 내던져지듯 바닥에 주저앉았다. 그러곤 흐느껴 울었다. 오랫동안 행방불명되었던 자식의 사체를 목격한 것처럼. 답을 찾을 수 없었던 일생의 수수께끼가 드디어 풀린 것처럼. 잔재가 되어 가라앉아 있던 그 모든 슬픔을 끌어내어 도로 위에 쏟아냈다.

"나는 알고 있었어! 결국 이렇게 될 걸 알고 있었어!"

아주 오래된 비밀을 비로소 폭로하듯이 어머니는 처참하게 울부짖었다. 그 울음이 그칠 때까지 내가 할 수 있는 일은 작은 짐승처럼 웅크린 어머니의 한 발자국 뒤에 서 있는 것뿐이었다. 그사이 남편은 어디엔가 전화를 걸었다. 한숨을 내뱉고 화를 내거나 부탁하는 남편의 목소리 사이로 어머니는 점점 작아졌다. 아스팔트에 말라붙은 핏자국처럼 어머니가 쪼그라들었다. 주변이 다시 잠잠해지고 그녀가 하나의 표식처럼 도로 위에 굳어버렸을 때, 남편은 어머니를 들쳐 업고 뒷좌석에 뉘였다. 시동을 걸고 후진하여 그 길목을 벗어날 때까지도 어머니는 내내 흐느꼈다.

우리는 집으로 되돌아왔다. 몸을 늘어뜨린 어머니를 이부자리 위에 내려놓고 남편은 한숨을 깊게 내쉬었다. 뭐라고 한 마디 하고 싶은 표정으로 허리춤을 짚고 서서 어머니의 잠든 모습을 내려다보다가 방문을 닫고 나갔다. 어머니는 울음이 끊기자 아이처럼 잠들었다. 고개를 숙여 어머니의 머리 냄새를 맡았다. 시큼하고 비린 악취가 슬쩍 코끝을 스쳤다.

나는 사실, 그 개의 이름을 기억하고 있었다. 매일 어머니가 사료를 그릇에 덜어주고 뾰족한 손톱을 갈아주었던 흰 털의 개.

"그 애 이름은 로즈였어요."

빳빳하게 굳은 어머니의 눈꺼풀이 발작하듯 움찔거린다. 어머니가 난간 밖으로 던져버린 작은 개. 그 장면이 내 눈앞에 살아난다. 그 순간 난간을 쥐고 있던 어린 내 손바닥의 땀기까지도. 출장이 잦았던 아버지의 개였다. 말끔히 닦인 거실을 뛰어다니길 좋아했고 베란다 구석에 오줌을 갈겼다. 푸르게 핀 난초 잎에 잇자국을 내곤 하는 작은 동물이었다. 출장에서 돌아온 아버지는 이혼할 때에 이삿짐과 함께 작은 유골함을 품고 떠났다.

어머니는 지금 무슨 꿈을 꾸고 있을까. 나는 어릴 적, 종종 저 밑으로 추락하는 꿈을 꾸었다. 그 꿈에 시달려 누런 오줌으로 요를 적신 밤도 있었다. 그러나 나는 오늘 이후, 여태껏 그랬듯이 다시는 그 일을 발설하지 않을 것이다. 나와 같은 악몽을 꾸며 밤을 지새울 가여운 어머니를 위해서.

"잘 자요, 어머니."

밖에 있는 것은 안에 있는 것이 될 수 없다. 그 사실을 가장 잘 알고 있는 것은 바로 어머니 자신일 것이다.

가느다란 담배 한 개비를 빼어 문 남편이 베란다에 등을 보인 채 서 있다. 담배 연기가 밤바람 사이로 흔적도 없이 사라진다. 남편이 고개 숙여 난간 밖으로 가래침을 내뱉는다. 바닥으로 추락한 침 덩어리를 내려다보기 위해 그가 몸을 숙인다. 나는 발소리를 죽여 천천히 그의 등 뒤로 다가갔다.

톡, 어깨를 두드리자 그가 소스라치게 놀라며 뒤를 돌아본다.

"조심해. 떨어질 뻔했잖아."

나는 억지로 입 끝을 당겨 웃는다. 남편이 어색하게 거울처럼 나를 따라 웃는다. 어머니가 키우는 화초가 다시 초록의 생기를 되찾는 날이 올까. 그리고 나는 그 언젠가 그랬듯이 홀로 물컵과 빨대를 들고 베란다에 서서 다시 물방울을 훅 불어 떨어뜨리는 것이다. 그러고는 난간을 붙잡고 밑을 내려다보며 긴장한 목소리로 속삭일 것이다.

"어디 갔지?"

남편은 다시 뒤돌아 난간에 팔을 걸치며 비스듬히 몸을 기댄다. 볼이 깊게 패일 정도로 담배 연기를 빨아들였다가 다시 훅 뱉어낸다. 밤공기 사이로 담배 연기가 부드럽게 퍼져 올라간다. 그는 온기를 잃은 채로 바짝 말라 굳어진 담뱃재를 손가락 사이로 털어냈다. 불씨가 다 타고 난 잔재가 빈 컵처럼 깊은 바닥으로 추락하고 있다. 나는 그 밑으로 떨어져버린 모든 물방울들에 대해서 생각했다. 그리고 영영 마르지 않을 바닥에 대해서.

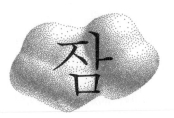

잠

살아 있는 것이라곤 아무것도 없었다. 중앙선이 끝없이 이어지는 도로 위에 달리는 차량은 단 한 대뿐이었다. 그리고 그 안에 들어 있는 그마저도 생물은 아니었다. 그는 척추 뼈만 남겨두고 살점이 모두 도려내진 생선의 탁한 눈빛을 하고 있었다. 허수아비처럼 선 채로 그의 질주를 가로막는 표지판을 제외하고는, 아무도 그에게 명령하지 않았다. 이따금 사이드미러에 달라붙는 날벌레도, 오래된 백열전구처럼 흐릿한 달빛도 그의 질주를 방종하고 있었다.

그는 왼쪽으로 커브를 돌아 낯선 동네로 접어들었다. 24시 편의점 간판이 멀찍이 보였고 그는 차에서 내렸다. 지칠 대로 지쳐 점멸하는 편의점 간판 위로 나방 떼가 맴돌고 있었다. 종업원은 벽에 기대어 쓰러진 채 잠들어 있었다. 그는 카운터에 맥주 캔 하나를 올려놓았다. 종업원은 좀비처럼 스르르 소리 없이 깨어나 계산을 치렀다. 손바닥이 아릴 정도로 차가운 캔을 든 채로 그는 조금 실망했다. 미지근하고 김빠진 맥주를 마시고 싶었던 탓이다. 플라스틱 의자에 앉아 낡은 파라솔 아래에서 맥주를 몇 모금 홀짝이다가 유령처럼 이 거리를 빠져나가고 싶었다. 그러곤 곧바로 잠들고 싶었다.

그러나 불면증이 시작된 이래로 그런 꿈 같은 일은 일어나지 않았다. 불면증이란 고양이 같은 질병이다. 금방이라도 손끝에 닿을 것처럼 졸음이 다가오면, 그 순간을 기다렸다는 듯이 졸음을 낚아채 떠나가며 정신을 맑게 깨워 그를 조롱한다. 그는 고민 많은 사람처럼 뜬눈으로 밤새 누워 있곤 했다. 이불 속에서 뜨겁게 앓을 정도의 고민이 있다면 밤을 새워도 좋을 테지만, 아쉽게도 그에게는 그런 고민이 없었다. 미래에 대한 기대도 없었다. 아침은 늦은 오후처럼 나른하게 새벽과 이어지고 무엇을 먹어도 식욕이 없었다. 맛을 음미하지 못하자 모든 음식이 수면처럼 증오스러웠다.

그는 며칠 전 생일 케이크를 난도질해보았다. 꼭 스스로를 죽인 것마냥 꺼림칙했다. 어머니는 음성 메시지로 축하 인사를 전했다. 어머니는 늘 부드럽게 삼킬 만한 말만을 해주었고 그는 그 적당한 거리감에 안심했다. 타국의 연인은 틈만 나면 메신저로 연락해왔다. 한 번도 본 적 없는 연인의 얼굴이 지겨워졌고 그는 메신저를 탈퇴해버렸다.

아버지에게 물려받은 흰색 폭스바겐 골프 차량은 아무리 오랜 시간 운전을 해도 정이 붙질 않았다. 아버지의 둔부에 꼭 맞게 굳어버린 의자는 등을 댈 때마다 꺼림칙했다. 드라이브할 때마다 뒤통수에서 누군가 내려다보는 기분을 지울 수 없었다. 아버지의 무릎에 앉아서 운전하는 것 같았다. 그는 며칠 전 서른을 넘겼다.

조수석 문에 기대어 캔 맥주를 반쯤 마셨을 때, 그녀가 스치듯 지나갔다. 가로등 불빛 아래서는 누구든 초라해지는 법이다. 덜 마른 머리칼을 늘어뜨린 채 그녀는 땅을 보고 걸었다. 편의점 로고가 박힌 흰 비닐봉지를 들고 느릿하게 걷던 그녀가 뒷걸음질로 그의 옆에 다시 돌아왔다. 그러곤 고개를 들어 그의 맥주 캔을 올려다보았다. 검은 동공이 조그맣게 쪼그라든 눈동자는 의심이 가득해 보였다.

"그거 혹시 미지근한가요?"

희미한 목소리였다. 귀 기울여 듣지 않으면 담배 연기처럼 흩어질 것 같았다. 하지만 말끝에 텁텁한 기운이 남아서 흘려들을 수 없었다. 그는 고개를 저었다.

어릴 적부터 그는 고갯짓으로 대답하는 버릇이 있었다. 숙제는 했니? 하고 어머니가 물어도 고개를 저었고 시금치는 왜 골라냈느냐, 아버지가 물어도 망설임 끝에는 늘 고개를 저었다. 매섭게 뺨을 올려붙여도 그 버릇은 낫질 않았다. 그의 오랜 지병이었다.

그녀는 그런 그의 얼굴을 그저 바라보고 있었다. 그녀가 바라던 대답이 나오지 않았기 때문일 것이다. 어머니 말에 의하면 그녀는 어릴 적부터 고집 센 년이었다. 그녀에게는 여동생이 하나 있었는데, 그녀와 정반대로 고집이라고는 머리카락 한 올만치도 없었다. 여동생은 어머니가 분홍색 내복을 사다 주면 고스란히 입어주었고 머리를 땋아주면 땋아주는 대로 학교를 다녔다. 어머니의 연인이 집에 놀러 오면 방문을 꼭 닫고 귀조차 닫아주었다. 하지만 그녀는 어머니가 원하는 그 어떤 것도 하고 싶어 하질 않았다. 용돈을 주는 대가로 하루 종일 입고 있던 흰 팬티를 벗어주는 일도 단호히 거절했다. 하는 수 없이 그녀의 어머니는 여동생의 팬티만을 포장해야 했다.

새벽 세 시쯤 머리를 감는 것이 그녀의 오랜 지병이었다. 사춘기 때에는 도벽이 있었지만 여동생이 집을 나간 이후로 그만두었다. 사실 모든 도둑이 그러하듯이 제일 처음에 훔치는 것이란 보잘것없고 가장 가까이에 있는 사람의 물건이다. 그녀도 마찬가지였다. 그 언젠가 여동생에게서 훔친 것이 무엇이었는지는 기억나질 않지만, 여동생이 집을 나갈 때 유일하게 챙겨 간 것만은 기억하고 있었다. 새 팬티였다.

"그래도 내가 방금 구입한 캔보다는 미지근하겠죠?"

그녀의 물음에 그는 한참 동안 입안에 가두고 있어 뜨거워진 맥주를 한 모금 음미했다. 그로서는 정말 알 수 없는 일이었다. 붉게 손톱을 칠한 그녀의 손에 쥐어진 비닐봉지 안에서 맥주 캔을 꺼내 마셔보지 않는다면 어느 쪽이 더 미지근한지 장담할 수 없는 일이다.

그는 작년에 시부야의 한 이자카야에서 마셨던 맥주를 떠올렸다. 가게의 주인은 세계맥주대회에 출전했었고, 에일 맥주로는 손에 꼽히는 장인이라고 누군가 설명해주었다. 그때 그의 연인은 외국인이었고 일어와 불어를 주로 사용했다. 목 뒤에서 뭉근하게 흘러나오던 그 낯선 언어. 그는 느릿하게 고개를 끄덕이며 입을 열었다.

"난 아주 맛있는 맥주를 마신 적이 있어요."

아득해진 그의 눈길에 그녀도 추억을 불러왔다.

"좋았겠네요. 난 열다섯에 처음 마셔본 것이 소주였어요. 맥주나 막걸리였다면 차라리 좋았겠죠. 와인은 꿈도 꾸지 않지만요."

그는 그녀의 말이 끝나기도 전에 고개를 끄덕였다.

"열다섯에 난 고열에 시달렸다고 하더군요. 하지만 난 잘 기억하지 못해요."

그녀는 잘못 엉킨 실밥을 풀어내듯이 말꼬투리를 붙잡는 일은 않았다. 그런 일이 삶에서 아무런 이점이 없다는 것을 그녀는 누구보다 잘 알고 있었다. 사람은 누구나 열병을 앓다가 완전히 다른 사람이 되어 떠난다.

늘 손목에 차고 있던 전자시계에 물이 흘러들어 가는 바람에 그녀는 지금이 몇 시인지 전혀 알 수 없었다. 방수가 되지 않는 시계를 사는 것이 바로 인간이다. 한 치 앞을 알지 못한다. 반쯤 비어버린 맥주 캔을 손에 든 남자는 묵직한 은색 손목시계를 갖고 있었지만, 그녀는 그의 시간을 훔쳐보는 몰상식한 짓은 하고 싶지 않았다. 어차피 그녀에겐 잠들 수 없는 시간 따위 무의미했다.

그는 제 손목의 시계를 만지작거리면서 제가 열다섯에 앓았던 병이 무엇이었는지 추리하기 시작했다. 지진이 온 것처럼 잔뜩 어그러지던 천장 무늬와 금방이라도 눈두덩이 위로 떨어질 것 같던 샹들리에. 그는 가끔 비처럼 쏟아지는 샹들리에 조각에 시력을 잃는 망상에 시달려 잠을 설치곤 했던 것이다. 또렷하게 눈을 마주치는 동물은 그래서 두렵다. 열다섯 그 무렵, 가죽 소파 위에서 낮잠을 자던 검은 고양이를 창밖으로 던져버린 일은 지금까지도 모두에게 비밀이었다. 그는 눈앞에 서 있는 여자에게 내용물이 반쯤 남은 맥주 캔을 건넸다.

"한 캔을 모두 마신 밤에는 꼭 모기떼에 물어뜯깁니다."

조용히 맥주를 건네받은 그녀는 단숨에 고개를 젖혀 캔을 비웠다. 찬 맥주가 탄산처럼 불쑥 그녀의 목젖을 짓눌렀지만 참을 만했다. 비닐봉지 안에 든 맥주는 이제 쓸모없게 되어버렸다. 그녀는 하룻밤에 딱 하나의 캔을 따서 마셨다. 그것은 이미 어길 수 없는 법칙이 되어 있었다. 그녀의 한 칸짜리 원룸에서는 아무도 그녀에게 지적하는 사람이 없었기 때문에 오히려 작은 규칙도 함부로 어길 수 없었다. 그녀는 스스로가 두려워졌다. 빈 캔은 그가 기대고 있는 차량 루프에 고스란히 올려두었다.

　"나는 절대 모기에게 피를 나눠주는 법이 없어요. 어느 쪽이냐 하면 나는 피를 빨아먹는 쪽이죠"

　새하얗게 질린 얼굴이었다. 보통은 검붉은 피부를 백옥처럼 뒤덮어 가리기 위해서 화장을 한다면, 그녀는 인간다워 보이기 위해서 짙은 톤의 파운데이션을 덧칠할 것 같은 분위기였다. 아쉽게도 입술마저 핏기가 없어서 그에게는 조금도 매력적인 얼굴이 아니었다. 그녀의 얼굴에는 그가 빨아먹고 싶은 어떤 부분도 존재하지 않았다.

　타인의 얼굴을 물끄러미, 조금도 미안한 기색 없이 뜯어보고 관찰하는 것은 남자들만이 가진 기질이었다. 게다가 그 눈빛이 의미하는 바는 반드시 들키게 마련이다. 그녀는 그런 그의 무례를 지켜보다가 고개를 비스듬히 꺾어서 밤하늘을 올려다보았다.

개기월식은 이미 끝났다. 창밖으로 두런거리는 그림자들이 환호성을 내질렀지만 그녀는 창문을 열지 않았다. 그녀는 늘 그래왔듯이 고요한 창밖을 원했다. 평소와 다른 것은 늘 그녀의 기분을 상하게 했다. 퇴근 후 돌아온 현관에 느닷없이 놓여 있는 한 켤레 구두처럼. 악어가죽 무늬가 선명한 짙은 풀색 구두는 굽이 상당히 날카로웠다.

"사실 집에 동생이 와 있어요."

인적 없는 골목을 흘깃 노려보며 그녀가 비밀을 발설했다. 그는 짐짓 고개를 끄덕였다.

"나도 악몽에 시달리곤 해요. 눈을 뜨면 전신거울이 있을 자리에 누군가 삐딱하게 서 있죠."

언젠가는 그 정체 모를 타인에 대고 말을 걸어볼 생각을 했지만 무슨 말을 꺼내야 하는지 알 수 없었다. 그럴 땐 눈을 질끈 감고 다른 세계로 넘어가는 것이 그의 유일한 선택이었다. 유약한 그는, 유학 중 다운타운에서 만난 프로포폴이 어쩌면 운명의 짝일지도 모른다고 이따금 생각했다. 여자와 마약은 쌍둥이처럼 비슷한 쾌락을 그에게 선물했지만 마약 쪽이 훨씬 순했다. 여자는 늘 질척이는 질문을 남겼고 마약은 말끔한 해답만을 내놓았다.

바람이 한 줄기 그의 어깨를 치고 지나갔다. 그는 얇은 셔츠를 손등으로 두어 번 털어내 꺼림칙한 감촉에서 벗어났다. 새벽은 좀처럼 움직이지 않았다. 그저 말없이 지키고 선 감시원처럼 움직이는 것들을 감시했다. 캔 맥주가 든 비닐봉지를 든 채 얼음처럼 굳어 있던 그녀의 머리카락에 나방이 달라와 붙었다. 그가 손을 뻗는 것과 동시에 나방은 겁먹은 눈두덩이 그려진 기괴한 무늬의 날개를 펼쳐 멀리 달아났다. 그녀는 그에게 한 발자국 더 다가갔다. 숨소리가 선명하게 들려올 정도로 고요한 골목이었다.

"이상하게도 친밀감이 들지 않아요. 난 그 애를 의심할 수밖에 없어요."

그녀는 폭이 넓은 숄더백을 끌어안은 채로 잠든 동생의 얼굴을 떠올렸다. 안쪽으로 깊숙이 꺼져 들어간 눈두덩이 섬뜩했다. 덮인 눈꺼풀 안에서 눈동자가 이리저리 움직이며 바삐 속삭였다. 저희들끼리 꿈속을 헤매며 잠든 정신의 내비게이션 노릇을 하고 있었다. 그녀는 동생이 꿈속에서 어디쯤 달아났을지 상상했다. 어머니가 둥지를 튼 춘천 카바레의 쪽방은 아닐 것이다. 최대한 그곳과 먼 방향을 택했을 것이다.

동생의 특기는 달아나는 것이었다. 누구와 상의하지도 않고 감쪽같이 가출했다. 선을 그은 것은 동생 쪽이었다. 슬그머니 찾아와 초인종을 누르는 것은 동생답지 않았다. 어쩌면 꿈을 꾼 것인지도 모른다.

"하지만 나는 절대로 꿈을 꾸지 않거든요."

그녀의 고백에 그는 손뼉을 쳤다. 손바닥 사이로 압착된 공기가 허망한 소릴 냈다. 골목 안의 누구도 그 소리에 뒤척이지 않을 것이다. 그는 날 때부터 손바닥이 얄팍했다.

"나도 그래요. 꿈을 안 꿔요."

손금이 흐려 점술사는 돋보기 렌즈를 닿을 듯이 가까이 대고는 이렇게 말했다.

"당최 알 수 없어. 거짓말 같은 인생이야."

그는 주머니 속으로 두 손을 숨기고 두 번 다시 자신의 팔자를 궁금해하지 않았다. 잘된 것은 그 뒤로 꿈을 꾸지 않게 된 것이다.

그전에는 매일 밤 꿈을 꿨다. 자신의 것이 아닌 삶을 하루에 약 일곱 시간씩 빌려서 살아온 세월이 꽤 길었다. 침대 위에 길게 누워 눈을 감을 때마다 채무자의 기분이 되어 명치끝이 따끔거렸다. 꿈의 시작은 늘 두 갈래의 길이었다. 그 앞에 선 사람은 어느 쪽으로도 오래 걷지 못했다. 꿈에서는 늘 깨어나야만 했기 때문이다. 현실에서는 늘 곧 잠이 들었기 때문이다. 어느 쪽도 현실감이 들지 않는 게 가장 큰 괴로움이었다. 그는 현명한 선택을 위해 한 줌의 후회를 각오했다. 하나의 길을 포기해야 다른 한쪽의 인생이 완벽해진다.

그 당시 그는 사춘기였고 꿈속에서는 어느 영화에선가 본 듯한 연상의 연인이 있었던 탓에 결국 현실 쪽을 포기했다. 그러나 영악한 현실은 꿈에는 없는 부모를 가지고 있었다. 며칠을 꼬박 잠들어 있었던 그를 주사로 깨웠고 부모는 연거푸 아침마다 그에게 약을 복용시켰다. 그는 더 이상 선택의 권리가 제게 없다는 것을 깨닫고 포기했다. 그는 꿈속에서 수백 년을 함께한 연인을 잃고 새로운 교과 과정과 비행기표를 얻어야 했다. 거짓말처럼 잠이 줄었다.

"밤이 긴 것은 꿈이 너무도 달콤하기 때문이겠죠."

그녀는 그의 말에 고개를 주억거렸다. 달콤한 것은 끔찍했다. 동생의 빈자리에는 큰 솜 인형을 놓아두곤 했다. 집 안에는 그녀와 솜 인형과 어머니와 어머니의 연인이 있었다.

어머니의 연인은 애연가였는데 자주 가래침을 뱉었다. 걸쭉하게 맥콜 캔 안에 쌓이는 침의 점성 있는 울림이 지금도 귓속에 선명했다. 이명을 앓는 것은 그 때문이리라. 어머니는 지독한 변비로 늘 신경이 날카로웠다. 화장실 문이 잠긴 시간이 길어질수록 재떨이 안의 담배꽁초도 쌓여갔다. 거실 벽지를 타고 그녀의 방까지 진입한 누런 타르 진액이 눅진하게 방문을 두드렸다.

비밀 키스의 대가로 스카치 캔디를 받곤 했다. 어머니의 연인은 이가 엉망으로 뒤틀려 있었는데, 종유석 같은 그의 송곳니에 찔려 혓바닥에 상처가 생기면 캔디 포장을 뜯어 얼른 입안으로 집어넣었다. 쌉싸래한 혀를 감싸는 다디단 커피 맛은 끔찍했다. 그러나 그녀는 그 단맛을 입안에서 조용히 녹이며 입을 다무는 것밖에 할 수 없었다. 충치보다 무서운 일은 세상에 널렸고, 그녀는 아직 겁이 많았다. 어머니는 비가 오면 곧잘 집 나간 여동생 얘기를 꺼냈다. 어딘가에서 골초 노인네와 결혼해 폐병을 얻어 죽었을 거라고 말하는 어머니의 눈빛에는 근거 없는 저주에 대한 깊은 확신이 스며 있었다. 그럴 때에도 그녀는 스카치 캔디를 먹었다. 누가 볼까 봐 함부로 포장지를 버리지 않고 모았다.

"그래도 난 늘 키스를 좋아했어요. 현대 의학은 가족력을 이길 수 없다고 봐요."

그가 조금 웃었다.

"나쁜 버릇을 고치는 약은 더욱 나쁜 버릇뿐이 없죠."

그녀는 가는 손목으로 입을 가리고 웃었다. 그 시각, 식도를 타고 들어와 빠르게 그녀의 몸 안으로 흡수되었던 맥주가 그녀 방광을 공격하고 있었다. 그녀는 알람처럼 뜬금없는 요의가 느껴져 단전에 힘을 주었다. 한 줄기 바람이 그의 차체 위에 위태롭게 서 있던 빈 캔을 넘어뜨렸다. 콘크리트 바닥으로 무겁게 추락한 빈 캔은 그의 박수 소리처럼 가벼운 마찰음을 끝으로 맨홀 뚜껑 위까지 쉼 없이 굴러갔다. 그 움직임이 멈추자, 두 사람의 시선은 다시 서로에게로 돌아왔다. 그녀는 동생이 눈을 감고 잠들기 전에 마지막으로 한 말을 떠올렸다.

'아무도 부르지 말아줘.'

그러나 굳이 그렇게 말하지 않아도 그녀는 화장실과 자그마한 거실만으로 이루어진 그녀의 보금자리로 손님을 끌어들인 적이 한 번도 없었다. 그녀에게는 동생이 바로 '아무'였다. 어느 집에선가 어린아이가 칭얼거리며 우는 소리가 들려왔다. 그녀는 잠시 소리가 나는 쪽을 올려다보다가 그를 바라보았다.

"아무래도 돌아갈 수밖에 없겠어요. 이러고 있다가는 아침이 오겠어요."

그는 고개를 끄덕였다.

"그편이 좋겠네요. 곧 올 것 같아요."

그는 언덕 아래에서 두려움 섞인 시선으로 주위를 둘러보았다. 그는 주머니에서 리모컨 키를 꺼내 스위치를 눌러 잠긴 차 문을 열었다. 짧은 경고음과 함께 전조등이 빛을 밝혔다가 까무룩 어두워졌다. 그녀는 인사 없이 뒤돌아서서 걸었다. 누군가를 만나거나 헤어질 때에 인사를 한다는 것은 퍽 낯선 일이었다.

그녀가 이틀 동안 밤새 호프에서 아르바이트를 하고 돌아온 날, 어머니는 연인과 함께 모든 짐을 가지고 떠나며 고요를 남기는 것으로 인사를 대신했다. 빈집은 세간 하나 남지 않은 채 처참한 알몸을 드러냈다. 가지고 떠날 가치가 없는 것들만이 초라한 형색으로 남았다. 여태 가구들이 등을 대고 있던 숨은 벽지들은 검푸르게 물들어 있었다. 벽지를 타고 올라온 곰팡이들을 정면에서 마주했을 때에 그녀는 깨달았다. 그들이 두고 간 물건 중에 가장 쓸모없고 버리고 싶었던 것은, 다리 한 짝이 고장 난 앉은뱅이책상이나 전기 코드가 벗겨진 헤어드라이어가 아니었다. 바로 그녀였다. 그녀는 오락실에서 언젠가 오백 원을 주고 따낸 곰 인형, 옷가지, 책 같은 것들을 챙기면서 뒤늦게 이사를 준비했다. 그 뒤로 이어지는 시간들은 너무도 느리고 더뎌서 하나하나 세세히 기억났다. 그녀는 그가 앓았다던 어린 날의 병명이 문득 궁금했다. 기억을 잃을 수 있다는 것은 경이롭고 부러운 일이었다. 도심 변두리의 원룸을 얻게 될 때까지의 일들이 그녀에겐 잃고 싶은 기억이었다.

그녀는 몇 걸음 걷다가 멈추었다. 어차피 집 안에는 침입자가 있었고 오늘은 금요일이었다. 뒤를 돌아보니 웅크린 공룡처럼 무거운 승용차의 그림자 옆에서 그가 그녀 쪽을 바라보고 있었다. 그녀는 발길을 돌려 그의 앞으로 돌아왔다.

"함께 가서 아침을 피하는 게 어떻겠어요? 내 방 커튼은 아주 두껍거든요."

그는 이제 막 운전석에 타려던 참이었다. 그녀가 걸어가는 뒷모습을 바라보고 있었던 것은, 단순한 습관이었다. 그는 낯선 타국의 땅에서 홈스테이를 시작할 무렵, 외출을 매우 꺼렸다. 처음 며칠은 학교에도 나가질 않았지만, 얼마 뒤 경고장이 날아왔다. 퇴학을 피하기 위해서 학교에는 나가야 했고, 다녀온 뒤에는 방 밖으로 나가지 않았다. 잠을 잤다.

그의 몸이 비행기를 타고 열두 시간이나 날아와 타국에 적응하는 동안, 그의 꿈은 여전히 한국을 배경으로 펼쳐졌다. 꿈과 현실의 시간 차는 생각보다 컸던지 몇 년이나 그런 일이 지속되었다. 그는 꿈에서 깨어나면 하염없이 창밖을 바라보았다. 움직이는 사람들을 멀거니 지켜보는 일은 그가 유일하게 즐기는 취미였다. 그들은 아주 현실감이 있고 동시에 그에게 아무런 방해도 되지 않았다. 창밖의 타인들은 한 달에 한 번씩 명소가 멋진 구도로 찍힌 사진을 뒷면으로 엽서를 써달라는 부탁을 하지도 않았다. 한 달에 한 번씩 올바른 영어 표현으로 된 편지를 한글 해석본을 동봉해서 한국으로 부치는 일이 그는 끔찍했다. 덕분에 구불구불한 필기체를 자로 잰 듯 깔끔하게 쓸 수 있게 되었지만 회화는 좀처럼 늘질 않았다.

불쑥 도깨비 여행하듯 찾아온 아버지에게 점심 샌드위치의 햄과 빵 사이에 고추장을 짜 넣은 것을 들켜 뺨을 맞았다. 그 뒤로 그는 매운 음식을 더욱 좋아하게 되었다. 사람이 죽을 수도 있는 수준의 매운맛이라는 소문의 짬뽕을 찾아 전라북도까지 내려간 적도 있었다. 그러나 무엇을 먹어도 충족되지 않는 맛의 틈이 있었다. 혀의 통각을 자극하는 것으로는 정신에 아무런 상처를 남기지 못했기 때문이다. 입안에서 일어날 수 있는 일 중에 가장 강렬한 사건은 역시 키스라고 그는 생각했다. 인간의 두텁고 축축한 혀는 언제든 누군가를 죽일 수 있다.

"좋아요. 두터운 것은 뭐든지 안정감을 주잖아요. 맥주가 아닌 다른 것을 마시고 싶네요."

"아마 다른 것이 있을 거예요."

그는 운전석 문을 열었고 그녀는 차 앞으로 돌아 옆 좌석에 올라탔다. 차 안에서는 에어컨이 냉기와 함께 내뱉는 습한 곰팡이 냄새가 났다. 그녀는 멀미를 하듯 속이 울렁거리는 것을 느꼈다. 그가 양쪽 창문을 한 뼘씩 열자마자 그 사이로 밤공기가 정신없이 팔을 뻗었다.

습한 기운은 이미 공기 중에 모두 빼앗긴 상태였다. 그는 20킬로미터가 조금 넘는 속도로 느리게 골목을 지났다. 마른 남자 하나가 전봇대 밑에 서서 그들이 탄 흰 차를 바라보았다. 그 남자는 아무런 표정이 없었다. 이목구비를 묘사하기도 힘든 희미한 인상이었다. 그녀는 순간 전봇대 밑에 선 남자가 맨발이 아닐까 의심했지만 확인하기도 전에 그들이 탄 차는 남자를 멀리 지나

쳤다. 사이드미러로 확인하자, 남자가 서 있던 자리에 거무스름한 쓰레기봉투가 두 무더기 놓여 있었다.

"왼쪽으로 들어갈까요?"

그녀는 조심스레 왼쪽으로 몸을 기울이며 속삭였다. 그는 스위치를 눌러 창문을 닫았다. 여태까지 알지 못했던 달큰한 향기가 그녀에게서 뿜어져 나왔다. 반쯤 농익은 복숭아 향과 비슷했다. 어딘지 비릿한 향이 섞여 있었다.

그는 왼쪽으로 커브를 돌았다. 방금 지나온 길 같았다. 같은 곳을 맴도는 기분이 들었다. 어둠이 만든 미로 아래서 그녀는 깊은 한숨을 내쉬었다. 어디선가 몽유병을 앓는 남자가 걸어 나올 것 같았다.

다른 길이 나왔다. 그의 차는 이제 막 나올 준비를 하는 태아의 머리처럼, 좁은 길 입구에 끼어서 머뭇거리다가 멈추었다. 도저히 나갈 엄두가 나지 않았다.

"여기서 세우는 게 좋겠어요. 아침에는 이 골목을 빠져나갈 수 없을지도 모르잖아요."

그녀는 그의 말에 고개를 빠르게 끄덕이곤 차 문을 열었다.

"동생은 잠들었어요. 여기부터는 걸어가요."

두 사람은 빠른 걸음으로 그녀의 집을 향해 걸었다. 언덕진 비탈길을 걸어가니 낡은 맨션이 우뚝 서 있었다. 꽤 오랜 시간이 걸렸다고 생각했지만 밑을 내려다보니 그가 맥주를 샀던 편의점 간판이 가까이에 보였다. 맨션 입구의 유리문을 밀어젖히려던 그녀가 동작을 멈추었다.

"역시 안 되겠어요."

"왜죠?"

아무도 부르지 말아줘, 혹은 아무도 오지 말아줘. 언니는 오지 말아줘. 어느 쪽이었는지 가물거리는 동생의 목소리가 그녀의 발걸음을 붙잡았다. 그의 감색 양복바지 주머니에 든 휴대폰이 두 번 진동하다가 멈추었다. 허벅지에 진동이 와 닿았지만 그는 남의 아이가 우는 것을 바라보는 양으로 무기력하게 가만두었다.

"해가 뜰 때까지 기다릴까 봐요."

"그럼 난 떠나야겠네요. 아침이 오면 모든 게 낯설어지겠죠."

그녀는 잠시 고민했지만 문득 동생의 얼굴이 잘 기억나지 않는다는 생각이 들었다. 시간이 다듬어놓은 동생의 얼굴은 기억 속의 어린 소녀와는 어딘지 매우 달랐다. 동생의 눈 감은 얼굴은 아무리 보아도 정들지 않았다. 오히려 곁에서 눈을 맞추는 그가 더 가깝게 느껴졌다.

그녀는 유리문을 밀어젖혔다. 그들 앞에는 계단이 기다리고 있었다. 그는 늘 엘리베이터를 이용했기 때문에 계단 앞에서 몇 초간 멈췄다. 계단의 이용 방법이 떠오르지 않았기 때문이다. 그녀가 먼저 좁은 계단에 올라섰다. 몇 걸음 뒤에서 그는 그녀를 따랐다. 두 사람의 발걸음 소리는 반 박자씩 어긋났다. 그는 다리를 굽힐 때마다 뾰족한 엉덩이뼈가 드러나는 그녀의 짙은 적색 반바지를 올려다보았다. 도무지 익숙해지지 않는 눈빛을 한 여자였다.

그녀의 집은 맨션의 오층에 있었다. 잠긴 문을 열자 계단으로 백열등 빛이 쏟아졌다. 형광등이 켜져 있었다. 그녀는 현관에 슬리퍼를 벗어놓고 안으로 들어갔다. 그는 반쯤 닫히려는 현관문 사이에 서 있었다. 집 안에서는 조그마한 소음조차 들려오지 않았다. 반쯤 벌어진 타인의 집 현관 앞에 서 있는 기분은 퍽 괜찮았다. 낯선 세계로 접속되기 전의 두근거림이 있었다. 현관문은 그가 들어올 수 있을 만큼 크게 벌어져 있었다.

그녀의 슬리퍼 옆에 구두가 하나 있었다. 제 주인을 기다리는 사나운 짐승처럼 가늘고 뾰족한 주둥이를 가진 하이힐이었다. 그 송곳니 같은 구두 굽을 보는 순간 그는 뒤돌아 맨션을 벗어나고 싶었다. 그러나 현관을 연 채로 그가 들어오기를 기다리는 그녀의 표정을 도저히 거부할 수 없었다. 이 여자야말로 몽유병자가 아닐까. 몽롱한 표정에 이끌려 그는 신발을 벗었다.

"봐요, 내 말이 맞잖아요."

그녀는 창문 쪽에 달라붙은 침대를 손끝으로 가리켰다. 긴 머리칼의 여자가 큰 가죽 가방을 끌어안은 채 잠들어 있었다. 머리카락이 감옥처럼 여자의 흰 얼굴을 가두고 있어 얼굴을 알아볼 수 없었다.

"그렇죠? 여기 동생이 있잖아요."

그녀는 억울한 일을 호소하는 어린아이처럼 보챘고 그는 고개를 주억거렸다. 그녀는 안심한 듯 살짝 미소 띤 얼굴로 작은 휴대용 냉장고 쪽으로 다가갔다. 손에 들고 있던 비닐봉지에서 맥주 캔을 꺼내어 냉장고 안으로 집어넣었다. 비닐봉지는 싱크대 안으로 넣었다.

방 안에서는 환기되지 않은 텁텁한 방향제 냄새가 강하게 났다. 차 안에서 맡았던 복숭아 향이 분명했다. 방 안은 그 향의 근원지인 듯 매우 지독한 향을 냈다. 그는 후각이 그 향에 마비될 때까지 깊게 숨을 들이쉬고 내쉬기를 반복했다. 그러곤 침대에 등을 기대어 앉았다. 단출한 살림살이였다. 침대와 붙박이장, 벽에 붙은 독서대와 작은 냉장고가 전부였다. 독서대 위에는 화장품 몇 가지가 뚜껑이 반쯤 열린 채로 서 있었다. 침대 밑에는 바깥 먼지에 면역된 듯 흐린 색의 곰 인형이 쓰러져 있었다. 그녀는 싱크대 앞에서 등을 보인 채 서서 무언가 하고 있었다. 그녀의

뒷모습은 앞모습만큼이나 매우 낯설었다. 반바지 밑으로 엉덩잇
살이 조금 삐져나왔다. 왼쪽 살은 푸르스름하게 멍이 들어 있었
다.

"균형을 잡는 것이 중요해요. 난 늘 몸이 오른쪽으로 기울어
있죠."

그녀는 커피땅콩과 마른오징어 다리, 부서진 생라면이 담긴
넓적한 나무 그릇을 바닥에 내려놓았다. 가장 먼저 입에 집어넣
은 것은 오징어 다리였다. 빨판이 부스러져 그녀의 허벅지에 떨
어졌다.

"다리를 펴고 편하게 앉아요. 어차피 이 건물은 언덕 아래로
조금 비스듬히 기울었다고 하더라고요. 월세에 영향을 미치진
않지만요."

그는 결이 나쁜 머리카락처럼 날카롭게 부서진 생라면을 한
조각 들었다. 익지 않은 것을 먹을 때면 언제나 조금 슬픈 기분
이 들었다. 주머니 속 휴대폰이 두 번 진동했다. 그가 세계 어느
나라의 어느 방에 있건 끊임없이 연락을 해오는 것은 대출 권유
광고와 어머니였다.

순간, 아버지의 부고 소식이 아닐까 상상했다. 그는 스스로가
원하는 대로 상상하는 버릇이 있었다. 비행기 안에서는 기상 악
화로 추락하는 상상을 했고, 동창의 결혼식에서는 신부가 드레

스를 붉게 물들이며 피를 토하는 상상을 하기도 했다. 그 모든 상상은 갑작스러웠고, 갑작스러운 일은 쉽게 일어나지 않았다. 그의 아버지는 매일 아침, 개인 의원이 지어주는 약과 함께 손바닥에 올리기도 버거울 정도의 보충제를 복용했다. 끔찍한 맛이 나는 한약도 들이켰다. 어머니는 그에게도 같은 약을 권했지만 그는 맛없는 것은 내키지 않았다. 만약 자살을 한다면 추락사가 좋을 것 같았다.

"동생은 언제 일어날 것 같나요?"

그의 질문에 그녀는 부서진 커피땅콩을 골라내는 일을 멈추고 고개를 들었다. 마치 동생이라는 단어의 뜻을 생각하는 듯 고개를 갸웃거렸다. 그리고 이내 침대 쪽을 바라보았다. 가방을 끌어안은 여자의 긴 머리카락은 미동도 없었다. 그녀는 자신의 침대를 차지하고 누운 사람이 친동생이 아니라는 의심에서 멈추지 않고 사실은 마네킹이 아니었나 생각했다. 그는 그녀의 대답을 기다리고 있었고, 그녀는 입안에서 적당한 대답을 고르지 못했다. 그녀는 가볍게 고개를 저었다. 입안에서 오징어의 군내가 났다.

"당신에게도 동생이 있나요?"

그는 목이 말라졌다.

"이곳 싱크대의 수돗물은 마실 수 있는 물인가요?"

그녀는 일어나서 냉장고 안에서 차게 식은 맥주 캔을 꺼내다가 그의 앞에 놓아주었다. 캔을 따자 눅지근한 방 안의 공기를 부수듯이 가볍고 경쾌한 탄산이 올라왔다. 입구에 거품이 조금 고였다.

"어딘가에 있을지도 모르죠. 한 번도 마주친 적은 없어요."

그녀는 커피땅콩을 봉지째 가져와 나무 그릇 위에 산더미처럼 부어놓았다. 작은 소음이 들려 그는 침대 쪽을 바라보았다. 분명 잠든 이의 기척이리라 생각했지만 무거운 커튼 한쪽이 뜯어져 무너지는 소리였다. 커튼은 거구의 취객처럼 커튼 봉에 겨우 걸쳐져 몸을 의지한 채 무기력한 자세를 하고 있었다. 그 커튼은 백열전구의 노릿한 불빛에 전염되어 재생지와 흡사한 색상이었지만 아침이 오면 햇살에 비쳐 조금 더 밝은색이 될 것이다. 침대 위의 여자는 등을 반쯤 커튼에 기댄 채 여전히 잠들어 있었다. 어쩌면 커튼은 그 잠의 무게를 도저히 견딜 수 없었는지도 모른다.

"커피를 한 잔 마시겠어요? 아껴둔 원두가 있어요. 일하는 곳에서 훔쳐왔죠."

그는 고개를 끄덕였다. 여과지를 꺼내어 갈린 원두를 블렌딩하는 그녀의 모습을 바라보았다. 커피 향이 묵직하게 공간을 채우자 마음이 평화로워졌다. 그녀는 가볍게 콧노래까지 부르고 있었다. 자세히 들어보면 아는 곡일 것 같았다. 그녀는 콧노래를 그치고 엷은 아메리카노 두 잔을 바닥에 내려놓았다. 원룸 안에는 식탁이 없었다. 편하게 생활할 수 있는 공간이라고는 유일하게 침대 위밖에 없었다. 그러나 지금 그곳에는 여자와 가방 하나가 잠들어 있다. 그는 목소리를 조금 더 낮췄다.

"도무지 일어날 생각을 하지 않는군요."

그녀는 그의 목소리를 들으면서 아버지를 떠올렸다. 어머니가 자리를 비울 때마다 혀끝으로 그녀의 치아 개수를 세기 바빴던 어머니의 애인들이 아닌, 언젠가 존재했다는 전설 속의 아버지를. 어머니는 그녀와 여동생이 아버지의 자장가를 들으면 금세 잠이 들었다는 얘기를 한 적이 있었다. 어머니의 입에서 나오는 이야기들을 모두 믿는 것은 아니었지만 그것만은 기억 속에 접어두었다. 그러고는 낮은 목소리로 조용하게 속삭일 줄 아는 남자를 만나면 그 기억을 펼쳐냈다. 그녀에게는 귓속을 울리는 훌륭한 저음의 자장가를 들을 권리가 있었다. 그러나 그녀가 만났던 여러 남자 중 누구도 그녀에게 자장가를 불러주지 않았다.

눈앞의 남자는 입술이 매우 얇았다. 푸릇하게 인중 위로 수염이 다시 돋아나는 것이 보였다.

"나는 포기했어요. 사람은 고장 난 물건 같아요. 좀처럼 맘대로 되질 않죠."

그는 커피땅콩을 한 알 집어서 입으로 꽂아 넣는 그녀를 바라보았다. 우물거리는 입술에 여러 겹 주름이 져 있었다. 시간이 흐를수록 더 많은 주름이 그녀의 얼굴을 수놓을 것이다. 감성이 풍부한 사람의 얼굴에는 더 많은 표정의 흔적이 남는다.

그의 외할머니는 그의 어머니와 똑 닮아 있었다. 인중에서 윗입술 주변으로 그어진 빗줄기 같은 주름이 특히 닮았다. 어린 시절 외할머니를 밑에서 올려다볼 때, 그는 어머니도 곧 그런 주름진 입술을 가지게 될 거라는 것을 예감했다. 그 예상은 들어맞았다. 그는 무언가를 포기하거나 실망할 때 더 깊이 패는 어머니의 그 주름을 관찰할 수 있었다. 그는 한국에 돌아와서도 자주 홀로 영어를 사용했다. 가족과 함께 있을 때에 그의 유창한 미국식 영어 발음이 부드럽게 식탁 위를 기름칠했다. 그에게 가족의 시선이 쏠려 있을 때나 심각한 문제에 대해 상의할 때 그는 오직 영어만을 사용했다. 언어의 장벽 앞에 서서 실망하는 어머니의 인중 주름을 보면 마음이 편해졌다.

"마음대로 할 필요가 없죠. 남의 의지는 관할구역이 아니에요. 울타리 밖의 일이니까요"

그녀는 마른안주들이 담겨 있던 나무 그릇을 부스러기만 남겨두고 깔끔하게 비웠다. 커피 맛은 옅고 떫은 보리차 같았다. 사실 그는 커피와 같이 카페인이 든 음료는 즐겨 마시지 않는데,

가슴 언저리가 빠르게 뛰는 부작용 때문이었다. 카페인이 몸에 맞지 않는 것이라고 의사는 단언했다. 그는 그 말에 순응했다. 마주 앉은 그녀는 뜨거운 김이 피어오르는 커피 잔을 두 손으로 조심스레 들고 엷은 아메리카노를 홀짝이며 마셨지만 그는 기분 나쁘게 뛰는 심장 소리를 들었다.

"도망가는 중일지도 몰라요. 이 애는."

그녀가 웃음기를 흘리며 속삭였다. 침대 쪽을 슬쩍 염탐하는 것도 잊지 않았다. 그러나 이내 우울한 표정으로 중얼거렸다.

"부러운 특기예요."

그는 떠나는 사람의 가방이 무거울수록 가슴이 텅 비는 이유를 알았다. 가방 안에 그 무엇이 들어 있든 외지에선 무엇 하나 소중하지 않은 물건이 없다. 볼펜 하나까지도 위안이 되는 순간을, 그는 기억하고 있었다.

창밖으로 사이렌 소리가 가까워졌다가 찬찬히 멀어져 갔다. 창밖을 건너다보거나 골목을 살피는 일 따위는 두 사람 모두 하지 않았다. 그녀의 동생은 아직 깨어나지 않았다. 문득 그는 잠든 여자가 끌어안고 있는 가방 안의 내용물이 궁금해졌다. 특별히 부풀어 오르지도 않고 납작하지도 않았지만 잠결에 온몸의 신경이 이완된 와중에도 가방을 끌어안은 새하얀 손등은 조금도 풀릴 기미가 보이지 않았다. 만약 그 안에 빳빳하게 정렬된 지폐 다발이 은행 로고가 찍힌 띠를 두른 채 차곡차곡 쌓여 있다고 해도 그는 놀라지 않을 것이다. 떠나올 때에는 늘 큰 용기가 필요하다.

"되돌아가는 중일 수도 있지 않을까요?"

그녀는 그의 의견에 대답 없이 커피 잔을 비웠다. 그는 눈꺼풀이 부대껴 눈을 두어 번 깜빡거렸다. 그토록 오랜 시간 기다려온 잠이 오고 있었다. 졸린 기운이 담쟁이덩굴처럼 무서운 기세로 자라나 그의 얼굴을 뒤덮었다. 허공의 공기가 포근한 베개처럼 느껴졌다. 그는 느리게 잠 속으로 걸어 들어가고 있었다. 수풀 속 어디선가 희미하게 그를 부르는 목소리가 들려왔다. 익숙한 여자의 목소리였다. 우리 내기할래요?

"우리 내기할래요?"

반쯤 감기는 시선 속에서 그녀는 반달처럼 눈을 접으며 웃었다. 명랑한 그녀의 목소리가 졸린 그의 눈살을 찌푸리게 만들었다.

"내기해요. 나는 해가 뜰 때까지 동생이 일어나지 않는다는 쪽에 걸겠어요. 당신은요?"

그는 아주 느리게 고장 난 비디오테이프 재생기처럼 그녀의 말을 머릿속에서 곱씹었다. 졸음을 헤집는 그녀의 목소리가 그의 미간을 따갑게 찔러댔지만 그가 할 수 있는 일은 없었다.

"만약 내가 이기면 함께 떠나요."

어디로? 그는 묻고 싶었지만 입술이 그의 정신보다 먼저 잠들었다. 입술은 굳게 닫힌 채 열리지 않았다. 눈동자를 움직여 그녀의 표정과 행동을 비춰내는 것까지는 할 수 있었지만 그 외의 행동을 하기에는 수마의 기세가 너무 강했다. 천장에 매달려 있는 전구가 갑자기 떨어져 그의 시력을 조각조각 부숴내지 않는 이상, 졸음 앞에서 그를 움직이게 할 수 있는 것은 없었다. 언젠가 느껴본 익숙한 공포와 함께 그는 잠들지 않기 위해 안간힘을 썼다. 그러나 쓸데없는 발악이었다. 손목을 죄고 있는 롤렉스 시계가 무거운 쇠사슬처럼 느껴졌다. 일어설 수 있다면 이 맨션에서 벗어나 주차된 그의 차 운전석으로 움직이고 싶었다. 좌석을 뒤로 뉘이고 천천히 잠수하듯 잠에 녹아들 수 있다면!

"약속하는 거예요?"

그는 대답하지 않았고 그녀는 조금 웃었다. 잠들고 싶지 않은 밤이었다. 가끔 며칠씩 밤을 새우고 나면 그녀는 심하게 앓았다. 온몸이 불덩이가 되어 이불을 태워버릴 것 같았다. 그렇게 계속 열이 나면, 방 안의 모든 가구에 불이 옮겨붙어 집을 불태울 것이다. 집 밖으로 번져나간 불씨는 이웃집 문을 타고 들어가 낯선 거실을 내달리며 그곳까지 태울 것이다. 그렇게 온 거리와 가로수, 버스를 태울 수도 있을 것이다. 그런 상상이 그녀를 끔찍한 고통에서 건져내주었다. 크게 번진 화마를 쉽사리 잠재울 수는 없을 것이다. 불길은 성난 악마처럼 사람들을 잡아먹고 될 수 있는 대로 모든 생명을 삼켜내도 허기가 질 것이다. 깔끔하게 무無의 세계가 될 때까지 화마는 멈추지 않고 번질 것이다. 그렇게 끝도 없이 사람들 얼굴에 화상 자국을 만들다 보면 어느새 열이 내리고 누적지근한 아침이 찾아오곤 했다.

가끔 그녀는 생각했다. 혹시 어머니를 따라가고 싶었던 것은 아닐까. 하지만 의미 없는 질문은 늘 그녀를 피곤하게 했다. 그의 커피 잔에서 흘러나온 액체가 장판 비닐 바닥에 눌어붙어 적갈색의 자그마한 강을 이루었다. 그녀는 커피 잔 옆으로 쓰러져 잠든 그의 얼굴을 바라보았다. 감긴 눈꺼풀에 달린 속눈썹이 매우 길었다. 그녀는 그의 곁에 몸을 구부려 누웠다. 데칼코마니처럼 그와 똑 닮은 자세로 그의 손을 잡았다. 아침이 밝아오고 있었다.

꿈속에서 그는 도주 중이었다. 익숙한 차 시트에 앉아 핸들을 돌리지만 좀처럼 낯선 느낌을 지울 수 없었다. 액셀을 밟았다. 등 뒤에서 조금씩 가까이 다가오는 사이렌 소리가 그의 숨을 벅차게 했다. 머지않아 붉은 경고등을 단 경찰차 세 대에 포위되었고, 그는 깊은 절망을 느끼면서 시동을 껐다. 세 명의 경찰이 그를 차 안에서 끌어냈다.

그는 스스로의 잘못에 대해 떠올리려 애썼지만 도무지 기억나지 않았다. 상상 속에서 세상을 난도질하는 일들을 꾸민 적은 있었지만 그 어떤 것도 실현되지 못했다. 두 손목이 차가운 철제 수갑에 얽매이는 느낌이 선명했다. 자비를 모르는 악어의 이빨처럼 날카로운 송곳니가 피부 위를 단단하게 물었다. 언제 삼켜질지 모르는 불안 속에 그는 연행되었다.

"그 여자는 어디 있나."

물음에 대답할 거리가 없었다. 그는 그 여자의 행방은 물론이고 그녀가 누구인지도 알 수 없었다.

"저는 그 여자에게 캔 맥주를 반쯤 양보했습니다. 그뿐입니다."

모두가 웃었다. 찬 가을바람이 맨살에 닿을 때마냥 시리고 마른 웃음이었다.

"필요한 진실만을 말해."

그는 그들이 내미는 카드의 일련번호를 읽을 수 없는 고장 난 기계처럼 어깨를 비스듬히 내린 채 앉아 있었다.

"그 여자는 어디 있나."

어쩌면 고장 난 것은 그들인지도 몰랐다. 그들은 같은 질문을 녹음된 파일을 재생하듯 내뱉었다. 그는 꿈속에서 꿈에 빠질 수 있을까 생각했다. 잠을 자는 와중에 또다시 잠이 든다면 그것은 꿈이라고 부를 수 있을까? 사실은 그쪽이 현실이 아닐까. 그는 집까지 찾아갔던 여자의 이목구비를 떠올리려고 했지만 좀처럼 선명하게 기억나는 것이 없었다. 그녀의 짧은 반바지 밑으로 삐져나온 엉덩이 살과 커피땅콩을 주워 먹는 짧고 붉은 손톱의 검지와 엄지, 그리고 어딘지 야릇한 미소뿐이었다.

"나는 그곳에서 그녀가 주는 아메리카노를 마셨습니다. 그뿐입니다."

매운 양념이 가득 든 음식을 먹고 싶었다. 꿈속에서 느끼는 식욕은 현실보다 더욱 강렬했다. 그는 혀뿌리에서부터 뜨거운 침이 새어나오는 것을 느꼈다. 새빨갛게 익은 페페론치노를 잘게 썰어 넣은 파스타는 어떨까. 칠리소스 범벅이 된 소시지를 넣은 핫도그에도 구미가 당겼다. 목구멍이 화끈거렸다.

"훔쳐 왔다고 하더군요. 어디서였는지는 알 수 없습니다. 아주 맹탕인 커피였어요."

그들은 더는 웃지 않았다.

"그 여자는 어디 있나."

낮게 깔린 그 목소리가 마지막 통보라는 것을 알 수 있었다. 그는 느리게 침을 삼켰다. 고개를 가로젓고 싶었지만 뻣뻣하게 굳은 목 근육이 좀처럼 움직이질 않았다.

어떻게 하면 꿈에서 깰 수 있을까. 꿈에 빠지는 것은 어느 정도 스스로의 의지였지만 꿈에서 깰 때는 분실물 센터에 던져진 우산처럼 멀뚱히 때를 기다리는 수밖에 없었다. 누군가 펴주지 않으면 평생 접혀 있는 채 살아야 했다. 아무런 물리적 방해도 받지 않는 우주 한가운데에서 평온하게 잠들게 된다면 그는 결코 깨어나지 못할 것이다. 영영 꿈을 꾸는 채로 뼈와 살이 녹아 생명이 다할 때까지 잠을 자는 것이다. 그런 삶도 나쁘지 않을 것이란 생각을 하던 도중 그는 잠에서 깨어났다.

쓰러진 커피 잔이 눈앞에 보였다. 초점이 맞지 않았다. 오랫동안 쓸고 닦지 않아 면사포처럼 얇은 먼지를 뒤집어쓴 비닐 장판 위에서 그는 일어났다. 방 안 가득 마른오징어의 비릿한 냄새가 퍼져 있었다.

그녀는 없었다. 밤새 묵직한 침대 아래 깔려 있던 것처럼 온몸의 관절이 아려왔다. 죽음 같은 잠이었지만, 잠은 길지 않았다. 그새 푸른 새벽이 밝아온 모양이었다. 두꺼운 커튼 사이로 뚫고 들어온 새벽빛이 부어오른 그의 눈두덩을 성녀처럼 어루만졌다.

침대 위에는 그녀의 동생이 잠들어 있었다. 그는 포복 자세로 침대 위를 기어갔다. 그렇게 오랜 시간을 미동도 없이 잠들어 있는 얼굴을 확인하기 위해서였다. 거미줄을 걷어내듯이 얼굴을 가린 긴 머리카락을 천천히 걷어내자 굳게 닫힌 두 눈꺼풀이 가장 먼저 눈에 들어왔다. 살짝 벌어진 입술 사이로 시큼한 향이 올라왔다. 낯빛이 좋지 않았다. 도마 위에 올라온 민물고기의 속살처럼 창백하고 시린 빛을 띠었다. 숨을 쉬지 않는다는 것은 한눈에 알 수 있었다. 그는 죽은 여자의 얼굴을 잠시 바라보았다. 그녀와 어딘지 닮았는가 하면 조금도 닮지 않은 것 같기도 했다.

무엇으로부터 도망치고 있었던 걸까. 그는 내기에서 분명하게 졌다는 생각이 들었다. 그가 자신을 알아주길 기다렸던 것처럼 가방을 감싸 안고 있던 여인의 팔이 침대 위로 툭 떨어졌다. 그는 흠칫 놀라 몸을 뒤로 뺐었다. 지퍼가 달려 있지 않은 허술한 가방 입구가 벌어졌다. 가방은 살코기를 발라내고 남은 악어가 죽처럼 흉측하고 허무한 모양으로 구겨졌다.

가방 안에는 아무것도 없었다. 방 안을 떠다니는 가벼운 먼지와 공기뿐이었다. 그는 침대 위에서 조심스레 뒷걸음으로 내려왔다. 방 안의 물건은 무엇 하나 달라진 것이 없었다. 간밤에 사라진 것이라고는 그녀와 그녀의 슬리퍼뿐이었다. 현관에는 그의 구두가 가지런히 집 안쪽으로 코를 둔 채 놓여 있었다. 그리고 새벽은 잠시 머물다가 떠나는 방랑객처럼 벌써 아침에 자리를 내주고 있었다. 침대 위에서 시선이 느껴지는 것 같아 뒤를 돌아보았지만 목각인형처럼 뻣뻣하게 누워 있는 여자는 그대로였다. 그는 검은 구두에 발을 꿰어 넣었다. 남의 신발처럼 발바닥에 느껴지는 신발 밑창의 감촉이 낯설었다.

현관문이 가늘게 틈을 두고 열려 있었다. 그는 미련 없이 문밖으로 나왔다. 계단을 내려가는 내내 등 뒤에서 누군가 쫓아올 것 같은 불안을 느꼈지만 망상일 뿐이었다. 다행히도 주머니 안에는 차 키가 들어 있었다. 골목을 빠져나오자 그가 오래 타온 아버지의 폭스바겐 골프가 어젯밤 주차해놓은 자리에 잠들어 있었다. 그제야 마음이 한결 가벼워졌다. 그는 아직 누구와도 마주치지 않았다는 사실을 깨달았다. 골목마다 관객의 시선처럼 창문이 박혀 있었다. 그러나 아무도 나오지 않았다.

그는 운전석에 앉아 시동을 걸었다. 골목은 밤새 배열을 바꾼 테트리스 게임의 블록처럼 쉽사리 그의 차를 놓아주지 않았다. 겨우 동네 밖의 도로에 진입했을 때 그는 몹시 목이 말랐다. 그러나 편의점을 찾아갈 생각은 하지 않았다. 길게 뻗은 도로 위에서 그는 속도를 올렸다. 빛이 쏟아지기 시작하는 도로 위에 살아 있는 것이라곤 아무것도 없었다. 중앙선이 끝없이 이어지는 도로 위에 달리는 차량은 단 한 대뿐이었다. 그리고 그 안에 들어 있는 그마저도 생물은 아니었다.

삼 년 전의 그 봄, 나는 학원가의 한 카페에서 아르바이트를 하고 있었다. 탑처럼 교실이 쌓인 그 건물 일층에서 나는 커피보다는 아이들을 위한 빙수와 주스를 더 많이 만들었다. 원어민 선생에게 영어를 배우는 프랜차이즈 외국어 학원과 입시미술 학원, 속셈 학원과 어린이 발레무용 학원, 독서실이 함께 있는 그 건물은 아이들로 이루어진 거대한 생명체 같았다. 건물은 아침 일찍부터 늦은 밤까지 숨을 쉬며 깨어 있었다. 일층 입구에 자리 잡은 카페는 그런 건물의 생체리듬에 맞추어 입처럼 움직였다. 모닝커피를 즐기는 선생들과 점심 한때에 간식과 수다를 원하는 아이들, 늦은 시간까지 공부하며 다디단 음료로 휴식하는 수험생을 받으며 카페는 늘 붐볐다.

　"뉴스 봤어?"

　함께 일하는 여대생이 곱게 간 원두를 커피머신에 쏟아 넣으면서 가볍게 물었을 때에 나는 진열대에 놓인 케이크 유통기한을 확인하고 있었다. 자그마한 요정처럼 분홍색 튀튀를 입은 꼬마를 데리고 다니는 학부모들은, 발레가 끝나는 시간이 되면 늘 커피와 함께 조각 케이크를 주문했다. 케이크의 유통기한에 대해서 꼼꼼히 묻는 그들을 위해 미리 유통기한을 확인해두어야 했다. 나는 바쁜 오전 시간 때에 손님이 쏟은 커피를 치우느라 앞코 부분이 적갈색으로 얼룩진 흰 운동화를 내려다보며 대답했다.

"아니, 무슨 일 있어?"

플라스틱 솔로 문질러서 닦지 않으면 절대 지워지지 않을 얼룩이었다. 나는 그 손바닥만 한 얼룩이 신경 쓰여서 대화에는 집중하지 않았다. 잠시라도 손님이 없어 한가할 적에는 주저앉아서 뻣뻣해진 종아리를 쉬게 해줘야 한다. 나란히 웅크려 앉은 그녀가 휴대폰 화면을 내 쪽으로 내보였다. 뉴스 속보였다. 바다 한가운데에서 기울어진 여객선 사진과 함께 '학생 전원 구조'라는 헤드라인이 떠 있었다.

"배가 뒤집혔대. 근데 전원구조 됐대."

"다행이네."

우리의 대화는 며칠 전에 카페에 들렀던 이상한 손님에 관한 이야기로 넘어갔다. 주문한 음료를 찾으러올 때에 진동으로 순서를 알려주는 진동 벨을 줬는데, 그런 것은 받은 적이 없다며

화를 냈었다. 한참 실랑이를 하다가 손님이 어깨에 메고 있던 가방 안에서 진동이 울렸다. 그때 그 손님의 표정을 흉내 내면서 우리는 입을 가리고 웃었다. 신곡을 발표한 밴드에 관한 이야기도 했다. 언제든 누군가가 카페 안으로 들어오면 바로 막을 내리는 짧은 휴식이었고, 언제 말을 끊어도 아쉽지 않을 정도의 가벼운 가십거리를 주로 소비하듯 나눴다. 그 사고도 그런 이야깃거리 중의 하나였을 뿐이다. 나는 밖이 어둑해지는 시간이 되어서야 앞치마를 벗고, 달콤하고 향긋한 커피 향이 가득 배인 그곳에서 배출되었다.

그날은, 기분 좋은 봄날이었다. 집으로 돌아가는 거리에는 바람결에 꽃잎을 흩뿌리는 가로수들이 그늘을 드리우고 있었다. 마을버스를 탈 수도 있었지만 나는 걷고 싶었다. 적당한 피로감이 나른한 기분을 만들어줬고, 나는 커피로 얼룩진 운동화를 신은 채로 쭉 뻗은 인도를 걸어가면서 앞일에 대해서 생각했다.

아르바이트 비용을 모아서 해외로 여행을 가고 싶었다. 낯선 거리를 걷고 새로운 생각을 하면서 습작을 하다 보면 좋은 소설을 쓰게 될 수 있을 거라는 예감이 들었다. 어쩌면 그사이에 누군가를 만나서 연애를 하게 되거나 다른 직업에 빠져들어 내 인생이 급하게 커브를 틀어 다른 길목으로 접어들지도 몰랐다. 예상할 수 없기 때문에 내 남겨진 청춘이 아름답다고 느껴지는 수

많은 나날 중의 하루였다.

현관문을 열자마자, 아나운서의 다급한 목소리를 들었다. 대체 티브이 볼륨을 얼마나 크게 틀어놓은 걸까. 기분 나쁜 예감이 그런 생각을 덮으며 찾아들었다. 신발을 벗고 거실로 들어섰지만 어머니와 오빠는 티브이를 보느라 내 기척을 느끼지 못했다. 식탁 위의 밥과 국은 식어가고 있었다. 나는 인사도 잊은 채 티브이 화면을 살펴보았다.

"뉴스 봤니?"

어머니가 손끝으로 화면을 가리키며 물었다. 안락한 침대에 몸을 눕히고 싶었던 마음이 순식간에 잊혔다. 뒷목을 조여 오는 차가운 불안감에 멈춰 섰다. 굽이치는 파도 속에서 여객선이 뒤집힌 채로 반쯤 침식되고 있었다. 그러나 저 거대한 배는 속이 텅 빈 채로 천천히 가라앉을 것이었다. 생명은 모두 구조된 후였다. 나는 가볍게 웃으며 손을 저었다.

"괜찮아, 다 구조됐대."

그러나 어머니는 고개를 저었다. 무언가 잘못되고 있었다. 쉴 새 없이 바쁘게 속보를 전하는 아나운서의 얼굴도 경직되어 있었다.

"아무도 구하지 못했어."

모두를 구조했다는 속보는 백일몽이었을까. 낮에 방송된 오보에 대해 사과하며 아나운서는 깊이 허리 숙였다. 일그러진 환상을 보고 있는 것 같았다. 내가 원두를 갈고 커피 물을 내리고 빙수에 시럽을 끼얹으면서 하루를 보내는 그 반나절 동안, 가라앉는 여객선 안에서 누구도 구출되지 못한 것이다. 거센 바람결에 이러저리 나부끼는 파도가 칠흑처럼 어두워질 때까지도 모두가 그 거대한 생명체 안에 갇혀 있었다.

"얼마나 무서울까."

엄마는 두 손을 움켜쥐고 몸서리를 쳤다. 우리 가족은 바다에 대한 끔찍한 기억을 가지고 있었다. 어릴 적, 가족 모두 함께 놀러 간 여름 바닷가에서 네 살 된 나를 잃어버린 일이었다. 튜브에 몸이 낀 채로 물결에 흘러가버렸는데, 바위에 부딪혀 몸이 뒤집혔고 그대로 물속에 잠겨서 질식할 뻔한 것을 구조대가 겨우 찾아 목숨을 구했다. 하얗게 질린 내 얼굴은 바위에 긁혀 난 생채기로 엉망이 되어 있었다. 가족들은 그 얼굴을 잊을 수 없다고 했다. 그때 구조대는 수색이 조금이라도 더 늦어졌더라면, 그대로 나를 잃게 되었을지도 모른다는 말을 했다.

그러나 그때의 기억은 내게 조금도 남아 있지 않았다. 어둠 속에서 내내 무언가를 두려워하며 울었던 것이 내가 기억할 수 있는 전부였다. 아마도 모든 기억은 거센 바닷물에 쓸려 가버린 모양이었다. 파도는 휩쓸고 간 자리에 아무것도 남겨두지 않는다.

"물결이 좀 가라앉으면 구조가 시작될 거야. 이대로 지켜보고
만 있지는 않겠지."

오빠는 확신을 가지고 말했지만, 티브이에서 눈을 떼지 못했
다. 내 얼굴에는 아직도 그때의 상처가 조그맣게 말라붙은 채로
남았다. 나는 식은 국을 데워서 늦은 저녁 식사를 하는 오빠의
곁에서 내 눈썹 뼈 부근에 남은 그 상처를 어루만졌다. 어쩐지
그 상처는 절대로 사라지지 않을 거라는 예감이 들었다. 나는 금
세 피로해져 불 꺼진 방 안에 들어가 이불 사이로 몸을 숨겼다.

살아 있을까. 눈을 꾹 감은 채로 나는 컴컴한 눈꺼풀 안에 갇
혔다. 폐쇄된 공간에서 점점 공기가 줄어가는 그 생생한 기분에
몸서리가 쳐졌다. 살아 있을 수 있다고 했다. 잠들기 전까지 인터
넷으로 여기저기 떠돌아다니며 확실하지 않는 정보를 주워들으
면서 나는 희망을 붙잡았다. 생존자들이 공기가 남아 있는 에어
포켓을 가까스로 찾아가 구조를 기다리고 있을 거라는 얘기도
있었다. 진실인지 허위인지 구별할 수 없지만 배 안에서 구조를
호소하며 보낸 문자도 있었다. 손발이 끊어질 듯이 차디찬 심해
에서 어둠에 잠겨 조금씩 빛을 잃어가고 있을 생명들의 다급한
숨소리가 들려왔다.

몸이 고단했지만 좀처럼 잠을 이룰 수 없는 밤이었다. 시계 초

침이 쉼 없이 어둠을 좀먹어갔다. 완벽하게 밀폐된 암흑. 현실이 곁에 남아 있지 않는 그곳에서 빛으로 감쌌였던 일상을 떠올리는 일은 상상만으로도 지옥이었다. 아침 식탁 위에 오른 된장찌개와 교과서 구석의 낙서, 휴대폰으로 내내 짜증나는 일에 대해서 친구와 대화를 나누던 하굣길, 여행길에 차마 아까워서 다 쓰지 못한 만 원짜리 지폐 몇 장, 밤새 연습하다가 침대 밑에 두고 온 전자 기타, 무릎 위로 올라오도록 짧아서 엄마 몰래 가방에 접어 넣은 스커트, 그런 것들이 삭제되는 현실. 현실이 없는 현실. 암흑.

카페 바닥을 청소하려고 화장실에 대걸레를 가지러 갔던 어느 날, 갑자기 정전이 찾아왔다. 개수대가 있는 이층 화장실에서 걸레를 빨고 있는데 눈앞이 캄캄해졌다. 비상전구처럼 작은 창문으로 햇살이 급히 스며들어와 어둠을 희석시키고 내 눈길에 따라 실루엣을 그렸지만, 나는 잠시 움직일 수 없었다. 갑작스러운 어둠에 익숙해지기까지는 시간이 걸렸다.

그때 화장실 밖에서 소리를 질러대는 이층 학원 안의 목소리들을 들었다. 아이들은 장난스럽게 웃으면서 높고 간지러운 소리로 서로를 놀라게 하기 위해서 일부러 소리를 내지르고 있었다. 긴 대걸레를 끌고 나오면서 어두운 복도에서 나는 웃었다. 유령

흉내를 내는 아이들의 소동을 가라앉히기 위해서 선생이 책상을 두드리는 소리도 들려왔지만 웃음소리는 끊어지지 않았다.

정전이 만들어낸 작은 소란이 거대한 생명체를 간질였다. 나는 곧 빛의 세계가 환하게 돌아올 것을, 그래서 다시 안정적인 일상이 켜질 것을 알기 때문에 웃었다. 우리를 둘러싸고 있는, 공기처럼 가볍고 훈훈한 일상의 절대적인 기운을 믿었다. 누구도 쉬이 무너뜨릴 수 없는 평온한 세계에 살고 있다는 그 터무니없는 믿음이 나를 웃게 한 것이다. 카페 조명은 건물의 모든 창문과 함께 다시 밝아졌고 나는 일상을 살아갔다. 어제까지의 삶은, 그랬다.

"괴로울 정도로 단 음료가 마시고 싶어요."

계산대 앞에 선 여자가 결제 카드를 내밀면서 주문했을 때, 나는 커피에 매뉴얼보다 더 많은 양의 시럽을 넣어 오래 저었다. 아침이 밝아오고, 아무것도 변한 것은 없었다. 나는 평소처럼 앞치마를 둘렀고 음울한 기색을 지운 채 미소로 손님을 맞이했다. 아이들은 지각에 쫓기며 무거운 가방을 등에 짊어진 채로 학원으로 달려갔다. 햄버거 조각을 입에 물거나 혹은 주스에 빨대를 꽂아 든 채로 바쁘게 교실을 향해 뛴다. 아이들의 하루는 너무나도 빠르게 흘러서 일 초도 허비할 수가 없다.

나는 교복을 입은 채로 카페에 모여 앉아 빙수에 얹어진 단팥을 골라내는 여고생들을 바라보고 있었다. 그들은 일순간 갑자기 웃음을 터뜨리며 세상 가장 즐거운 순간의 얼굴을 했다. 하얗게 꽃처럼 피어나는 얼굴들. 그때 나는 두통을 느꼈다. 머릿속에 너무 무거운 짐을 밀어 넣으려고 하는 바람에 신경을 짓눌러 통증이 느껴지는 것 같았다. 이 모든 것이 정전이길 바랐다. 불시에 장난처럼 찾아와 일상을 놀라게 하고는, 다시 승객들을 빛으로 내뱉어줄 잠시간의 정전이기를.

카페를 찾아오는 사람들은 카페인이 가득 담긴 쏩쓸한 커피와 뇌를 자극할 정도로 단 주스를 마시면서 일상을 견뎠다. 우리가 할 수 있는 일은 그저 그렇게 평소처럼 땅 위의 여러 공간을 채우면서 숨을 쉬는 일뿐이었다. 나는 상처받은 부분이 어딘지 몰라 무표정으로 입을 다문 채 무력감에 빠져 유령처럼 거리를 거니는 사람들을 쇼윈도 밖으로 바라보았다.

"이제 어떻게 되는 걸까."

저녁 밥상에서 어머니가 말했다.

"지금 어떻게 되어가는 중인 걸까."

어머니는 자꾸 질문을 던진다. 그러나 티브이에서는 좀처럼 대답이 없다. 몸부림치는 파도와 녹은 얼음처럼 작아지는 여객선만을 비춰줄 뿐이다. 버섯코처럼 불룩 튀어나온 배 아랫부분만을 겨우 파도 사이로 드러낸 채, 배는 이미 깊이 가라앉았다.

"지금은 지켜보는 수밖에 없어."

늦게 퇴근한 오빠는 구두만 벗은 채로 내내 티브이 앞에 앉아 있다가 겨우 입을 열었다. 작년 이맘때 우리 셋은 여객선을 타고 제주도로 여행가는 것이 어떨지 이 식탁에 둘러앉아 이야기했었다. 샛노랗게 피어난 유채꽃을 상상하며 즐거워했고, 어쩌면 그 여행은 올해가 될 수도 있었다. 우리가 그 여객선에 타지 않은 것은 작은 우연에 불과했다.

티브이는 고장 난 것처럼 같은 말을 반복했고, 우리는 고요한 불안 속에서 식사했다. 버석거리는 비상식량을 먹는 것처럼 입맛이 없었다. 방공호에 들어앉아 작은 티브이 화면으로 집 밖의 재난을 구경하는 것 같은 불편한 죄책감이 뱃속을 긁어댔다. 반 공기나 밥을 남긴 어머니는 티브이 쪽으로 완전히 고개를 틀어서 간절한 눈빛을 보냈다. 오빠는 방으로 들어가서 문을 닫았다. 정전의 시간이 오래 지속되고 있었다.

초저녁, 지금쯤 내가 그러듯 식사를 하거나 공부를 하거나 전화를 하면서 멈추지 않고 내내 움직여야 할 사람들이 사라졌다. 미동 없는 초침을 한 손목시계를 찬 손목들이 물속에서 차갑게 식어가고 있는 것을 떠올리면 수저가 무거워서 더 이상 들 수가 없었다. 대답 없는 메아리 같은 울음이 머릿속에서 진동하며 두통을 일으켰다.

"한 명이라도 구할 수 있겠지?"

순진한 소녀 같은 소박한 질문에 나는 고개를 끄덕이지도, 가로젓지도 못한 채로 있었다. 온 국민이 집단적 우울증에 빠져 있는 것은 당연한 일이었다. 극심한 우울을 느끼는 사람은 잠시 뉴스를 멀리하고 산책을 하거나 책을 읽는 등 다른 일에 몰두할 것을 권고하는 방송이 흘러나왔다. 나는 그때까지도 누군가를 단 한 명이라도 구할 수 있을 거라는 순진한 희망을 가졌다. 탁한 주황색 구명조끼를 입은 채로 잠수부의 품에 안겨 구출되는 아이의 모습을 상상하지 않으면 잠들 수 없었다.

아무도 모르고 있었다. 우리가 얼마나 깊이 가라앉고 있는지를. 불 꺼진 암흑 같은 마음속에서 어떻게 일어서야 하는지도 우리는 배운 적이 없었다. 더 이상 뉴스에서 기대하는 소식을 듣지 못할 거라는 생각이 들었을 때, 사람들은 불처럼 번지는 마음속 분노와 설움을 잊기 위해서 불에 탄 부분을 싹둑 잘라냈다. 평소처럼 하루하루를 견디며 살기 위해서는 더 이상 연명하는 데에 쓸데가 없고 타기 쉬운 말랑한 부분부터 잘라내야 했다. 그중 하나가 희망이었다.

"저기 좀 봐."

역 앞 서점으로 가는 길, 버스에서 내리자마자 한 여성이 탄성을 내지르며 말했다. 고개를 들자 눈앞에 샛노란 육교가 눈에 띄었다. 평소에는 탁한 재색으로 가라앉아 행인들이 걸어가는 모습을 가만히 지켜보고 있던 역 앞의 육교에 온통 노란 쪽지와 리본이 매달려 있었다.

바람이 불면 이따금 손을 흔들듯이 살랑대는 그 작은 손짓들은 여리게 보이지만 강하고 선명했다. 육교 아래에서 희생자와 유족에게 메시지를 보내는 리본을 나눠주는 사람들이 있었다. 지나가던 사람들은 모두 한 번씩 걸음을 멈춰 육교를 가득 메운 그 장관을 바라보았다. 수습되지 못한 희생자들과 아직도 가족을 기다리며 밤을 지새우는 유족을 위해서 우리가 도울 수 있는 일이 무엇인지 생각해보자며 거리의 사람들에게 노란 희망을 전했다. 겁이 많거나 혹은 의심이 많은 눈초리들이 육교를 피해 지나갈 때에 누군가는 서명 운동에 동참했다. 그리고 역 안에서는 노란 리본을 옷에 단 여고생 둘을 붙잡고 노인이 언성을 높였다.

"내가 다 살아봐서 안다 이거야. 나랏돈 빼먹으려고 죽은 자식 내세우는 것들 세월 지나고 싹 다 천벌 받아! 지들이 놀러 가서 빠져 죽은 것 가지고 나라님 들먹이면서 말이야, 한 푼도 주면 안 돼! 이딴 종이 쪼가리들 달고 아주 다들 놀아나고 있어!"

그 노발하는 목소리에 덩치 큰 남성이 다가오자 노인은 잔뜩 언 표정으로 서로 꼭 붙어선 여고생들을 남겨둔 채로 빠른 걸음으로 사라졌다. 인파가 노인을 숨겨주었다. 나는 절대로 남이 되어보지 않고는 남의 심정을 상상할 수 없는 사람의 뒷모습이 멀리 사라질 때까지 지켜보았다. 어쩌면 세상은 이대로 잊을지도 모른다. 그리고 검푸른 바닷물 속에 깊이 잠들어 있는 진실은 그대로 영영 잊힌 유물이 되어버릴지도 모른다. 그 육교를 올려다보는 마음이 편치 않았다.

나는 그해 여름이 다 갈 때쯤, 카페 일을 그만두었다. 내가 아이들의 목소리를 가득 담은 거대한 건물을 떠나는 동안, 카카오톡 메신저의 프로필 사진들을 가득 메우고 있던 노란 물결은 하나둘 새로 찍은 요즘의 사진들로 다시 바뀌어갔다. 일상은 유행처럼 슬픔도 흘려보냈다.

참 이상한 일이었다. 교복을 입은 학생이 수능을 치르고 대학생이 되는 그 긴 시간 동안, 아무것도 해결되지 않았다. 누군가가 손으로 주무르다가 그대로 두고 간 찰흙 모형처럼 그 거대한 사고는 모호한 모양으로 멈춰진 채 시간을 견뎌야 했다. 진실의 행방은 묘연하고, 오래 지속되어온 쇼 프로그램을 보는 것처럼 사람들은 노란 리본을 멘 채로 지나가는 타인을 지겨워했다. 타인의 아픔은 철저하게 전시품이 되어 그들의 시선에 걸렸다.

"다 쇼하는 거지 뭐야. 구걸을 해도 적당히 해야지. 얼마나 더 받아 처먹어야 그만둘는지. 국고가 바닥이 나야 정신들 차리려나. 다들 우매해서 원. 이제 그만 좀 하지. 지겨워 죽겠네."

버스 안에서 누군가가 혼잣말처럼 큰 소리로 말했을 때에도 모두 침묵했다. 수원에서 안양으로 향하는 버스 안이었다. 아주머니는 핸드백에 매달린 노란 리본을 손바닥으로 가리며 자리에 앉았다. 이어폰을 낀 채로 음악을 듣는 사람도 있었고 화면을 내려다보며 문자를 보내는 사람도 있었다. 창밖으로 스쳐 지나가는 풍경에 그저 눈을 맡긴 채로 귀를 닫은 승객들은, 충격에 아팠던 부분을 잘 도려낸 채로 생활하고 있었다.

가방에 노란 리본을 매달고 다니는 것이 위험한 일이 되었다는 사실을 나는 그때 깨달았다. 언제 누가 분노에 찬 목소리로 나를 돌려세울지 모르는 일이었다. 슬픔을 잊는 것이 죄가 아니라 빨리 잊지 못하는 것이 죄가 되었다. 얼굴도 모르는 누군가를 추모하고 가슴 아파하는 일이 철 지난 연극을 반복하는 것처럼 타인의 눈살을 찌푸리게 만드는 거리에서 우리는 살고 있었다.

나는 버스를 타고 외국어 학원에 다니는 중이었다. 그사이에 시간이 흘러 참사를 추모하는 집회가 열렸고 추모 서적들이 출간되었다. 나는 노란 종이배가 그려진 추모 서적과 함께 가방 안에 들어 있던 외국어 교재를 꺼내면서 문득 중얼거렸다.

"벌써 일 년이 훌쩍 지났네요."

"무슨 일이요?"

"그때 그 참사 말이에요. 아직도 찾지 못한 희생자들이 있어요."

"그래요? 사회문제에 관심이 많나 보네요. 요즘 영화 뭐 봤어요?"

학원에서 만난 남자는 유창한 발음과 세련된 언어구사 능력을 지녔지만, 내가 꺼낸 화제에는 관심이 없었다. 대화는 다른 쪽으로 이어졌다. 국내에 개봉한 미국 액션 영화부터 시작해서 외국에서 경험했던 신기하거나 우스꽝스러웠던 일들에 대해서 차례대로 소개해나갔다. 수업을 끝마치면 바로 접게 될 이야기들이었다. 누구와 나눠도 껄끄럽지 않고 언제 갑자기 다른 사람이 끼어들어도 이상하지 않은 소재를 정해서 이야기를 나눠야 했다. 깊이 들어가지 않고 겉으로만 맴도는 가벼운 가십거리로 외국어 표현을 배우고 나서 교재를 덮으며 끝나는 수업이었다.

그때까지 즐겁게 무리지어 시간을 보내던 사람들 틈바구니에서 내 마음이 한 발자국 뒤로 물러났다. 나는 여태껏 적당히 희생자에 대한 슬픔을 희석시켜 소비하며 지내온 스스로를, 그들 속에서 발견했다. 나는 숨어 있었다.

"무슨 생각을 그렇게 하세요?"

"기다리는 사람들이요."

"네?"

"기다리고 있는데, 아무 대답도 듣지 못한 사람들이 있어요."

참혹했던 그 참사에 대해 조금이라도 질문을 가지면 매섭게 몰아치며 입을 다물 때까지 무력으로 몰아붙이는 사람들이 있었다. 추모 집회에 찾아와서 누군가의 깊은 비애를 아무 죄책감 없이 찢고 훼방을 놓는 붉은 얼굴의 노인들이 나는 두려웠다. 슈퍼 앞이나 버스정류장, 지하철 곳곳에서 혹시라도 감히 슬픔을 드러내는 약자가 있을까 도사리고 있는 시퍼런 칼날 같은 눈초리들.

날이 저물고 모두가 잠드는 시간에도 어째서 내 가족은 품에 돌아오지 못할까. 왜 그렇게 오랜 시간 동안, 가라앉는 배 안에서 내 아이는 구조되지 못했을까. 당연한 질문이 싹 트는 것조차 보기 싫어 냉큼 베어내려고 날을 세운 사람들에게서 나는 숨었다.

학원을 그만두고 난 뒤, 나는 고요한 도서관에서 책을 읽으며 시간을 보냈다. 누구와도 대화하지 않는 편이 마음 편했다. 도서관 내의 작은 소음들이 내 마음을 평온하게 가라앉혀주었고, 아무 일도 일어나지 않을 것 같은 안정감이 들었다.

열람실 구석에서 키득거리는 웃음소리가 새어나왔다. 학생 둘이 웃음을 겨우 참느라 펼친 책 사이로 얼굴을 숨기고 있었다. 그들의 작은 운동화는 앞코가 잔뜩 더러워져 있었다. 그들이 어깨에 메고 다니는 책가방은, 삼킨 책들이 너무 두껍고 무거워서 자꾸만 아래로 축 늘어졌다. 아무렇게나 자라 질끈 묶은 머리나 부르튼 입술, 하얀 손톱 끝을 훔쳐보면서 나는 펼쳐 든 책의 문장으로 내 마음을 끌어다 놓으려고 노력해야 했다. 슬픔이 해결해줄 수 있는 것은 없다고 스스로를 단념시켰다. 그때 무음으로 설정해놓은 휴대폰으로 메시지가 날아들었다.

'뉴스 봤어?'

오빠의 물음에 나는 대답을 적지 않은 채, 고전 소설 코너에서 서성이는 학생들의 운동화를 내려다보고 있었다. 고요한 안식처나 다름없는 도서관에서 책장에 둘러싸인 채로 나는 마음을 닫고 있었던 것이다.

'거대한 거짓말이 들통났어!'

휴대폰 화면으로 속보가 연이어 쏟아져 들어왔다. 여대생들의 시위에서부터 시작된 거짓말 꼬리잡기 운동이 끝없이 얽힌 정계의 타락한 진실들을 찾아냈다. 휘장을 걷어내자 믿기 힘들 정도로 비틀린 윗선의 거짓말이 적나라하게 드러난 것이다. 놀랍게도, 슬퍼하는 자들을 위협하는 힘의 속내에는 단지 돈뿐이 없었다. 이보다 허망한 일이 또 있을까. 집에 돌아오자, 어머니는 당황스러운 표정을 감추지 못한 채로 티브이 앞에 앉아 있었다.

"이게 어떻게 된 일이야?"

저녁 식탁에서 우리는 차마 사실이 아니길 바라는 새로운 소식들을 다 소화해내지 못했다. 가라앉은 채로 아직도 인양하지 못하고 있는 거대한 여객선에 대한 이야기도 다시 전면적으로 세상에 나왔다. 신경이 곤두서는 나날이 이어졌다. 너무 많이 속아온 사람들은 소화제를 한 움큼씩 삼키며 뉴스를 지켜봐야 했다.

일 초 일 초가 너무나 아렸던 유족 앞에서 그들은 거짓을 둘러대고 아무것도 하지 않았던 것을 감추느라 혈안이 되어 있었다. 바삐 살아가고 있는 사람들로 가득한 반쪽짜리 나라 안에서 누군가가 의도적으로 스위치를 껐다. 우리는 어둠에 시달려 고통을 받으면서도 곁에 붙어선 사람들을 미워하는 것밖에 할 수 없었다. 어떻게 해야 벗어날 수 있는지 알 수 없는 어둠이었다. 그러나 이제, 우리 앞에 작은 불씨가 켜진 것이다.

"괴로울 정도로 단 음료가 마시고 싶어요."

"많이 피곤하시죠?"

종업원은 웃는 눈길로 물었다. 평소보다 몇 배의 손님이 들르는 주말 광화문의 카페에서 일하는 그녀는 나보다 훨씬 더 피곤해 보였지만 오히려 내게 따뜻한 미소를 건넸다. 커피 향이 가득한 카페 안에서 나는 익숙한 기억을 떠올렸다.

삼 년이라는 시간이 그렇게도 속절없이 흘렀다는 것을 체감하는 순간이었다. 카운터 반대쪽에 서서 테이크아웃 잔에 따뜻한 커피를 건네받는 동안, 나는 앞치마를 맨 채로 분주하게 커피 잔을 들고 움직이던 예전 내 모습과 함께 그날의 뉴스를 떠올렸다.

그러나 아직도 거대한 배는 가라앉은 채로 인양되지 못하고 있었다. 손 닿지 않는 깊은 물결 속에 소중한 사람을 남겨두고 온 비애를 가슴속에 가라앉힌 채로, 사람들은 삼 년을 살았다. 얼굴도 모르는 그 누군가가 그리워서, 노란 리본을 길에서 마주치면 상념에 빠지며 그렇게 지내온 것이다.

나는 북적이는 창가 자리에 앉아 커피를 내려놓고 노트북을 열었다. 단편집을 내보는 것이 어떻겠느냐는 제안을 받았을 때에 가장 먼저 머릿속에 떠오른 것은, 초였다. 짧지만 긴 시간. 어쩌면 모든 것을 달라지게 만들 수 있는 갈림길 앞에서의 그 짧은 망설임이 내 가슴을 두드렸다. 그리고 아주 짧은 시간 타오를 것 같은 초. 바람이 불면 금세 꺼질 것 같은 착각을 일으키는 그 가녀린 글자를 흰 화면에 띄워놓고 한참 동안 망설이고 앉아 있을 때였다. 창밖에는 비가 내리기 시작했다. 나는 찬바람과 함께 하늘을 긁으며 내리는 그 비를 한참을 올려다보았다. 여객선이 가라앉는 동안, 제주 바다의 성난 파도에 눈물처럼 뚝뚝 떨어져 내리던 그 빗물을 나는 기억하고 있다.

노란 우산을 쓴 아이가 바람의 저항을 이겨보려고 애쓰다가 결국 넘어진다. 그리고 얼굴을 찡그리며 울음을 터뜨린다. 나는 그 아이를 쇼윈도 창으로 바라보며 아무리 애를 써도 절대로 이겨낼 수 없는 현실의 매서운 눈초리에 대해서 생각했다. 좌절은 생활 속 깊이 스며들어 모르는 사이에 조금씩 우리를 깊이 가라앉힌다. 나는 겁 많은 눈빛으로 사람들이 모여드는 창밖의 광장을 바라보았다.

비는 좌절의 상징이다. 우비를 뒤집어쓴 사람들을 내다보면서 나는 더는 한 글자도 적지 못하고 있었다. 내가 쓰는 문장들이 칼날이 되어 누군가의 마음을 베어내고 상처 입힐까 봐 두려웠다. 진실을 가리는 차양이 될까 봐 망설여졌다.

"뭘 하고 있어? 이제 나가야지."

내 마음속에서 빠져나온 양심처럼, 오빠가 내 어깨를 두드렸다. 오빠는 제대를 하고 군복을 벗었을 때보다도 훨씬 가뿐한 표정을 하고 있었다. 강원도의 찬바람을 맞으며 발가락이 다 물러 터질 때까지 행군을 하고 고통스러운 훈련을 견뎠던 오빠에게는 사실 다른 선택지가 있었다. 집과 가까운 도시에서 훨씬 더 편하게 훈련을 받을 수 있는 의무 경찰에 지원하는 것이다. 대체 왜 그러지 않았는지 나는 늘 의아했다. 군복무 기간 동안 잃은 것이 너무 많았다. 육군 포병이었기 때문에 포성으로 인해 평생 이명을 앓아야 할 정도로 귓병이 심해졌고 청력을 많이 잃었다. 그러나 내 물음에 오빠는 단호하게 고개를 저었다.

"시민들을 방패로 가로막고 무기를 들이미는 일은 하고 싶지 않았어. 그런 짓은 싫어. 인간으로서 비참한 일이야."

오빠는 이미 손에 초 두 자루를 들고 있었다. 나는 노트북을 접었다. 소설과 현실의 경계에서 나는 잠시 멈춰 있었다. 갈림길 앞에서 나는 오래 망설였다. 밖으로 나서면 그 순간부터 나는 다시는 그 슬픔을 외면할 수 없을 것이다. 그러나 그 고민의 일 초가 앞으로의 나를 더 나은 길로 안내해줄 것을 믿었다.

내리던 비는 찬 공기 때문에 공중에서 얼어 진눈깨비가 된 채로 바람결에 흩어졌다. 따뜻한 공기가 맴도는 카페 안에서 문을 열고 나가자, 밖은 냉정할 정도로 차가웠다. 그러나 사람들은 점점 더 많이 광장을 향해 모여들고 있었다. 불어오는 찬바람을 이마로 맞으면서, 이렇게 모이는 것이 너무나 당연한 일인 것처럼.

"눈이 와서 다행이야. 눈이 내리는 동안은 춥지 않거든."

오빠는 흐뭇한 미소로 주변을 둘러보며 말했다. 사람들은 주머니에서 가느다란 초를 하나씩 꺼내들었고, 언 손끝으로 꼭 쥔 초 끝의 불씨는 차디찬 눈비를 맞아도 사그라지지 않았다. 누군가의 메아리처럼 사람들은 꼬리에 꼬리를 물고 이어져서 길게 흐르는 너른 강을 이루었다. 내 손에 쥐어진 초에서도 심지를 부둥켜안은 빛이 타오르고 있었다. 결코 한순간도 멈춤이 없는 불빛은 일렁이며 사람들의 숨소리와 함께 호흡했다.

사람들은 망설임 없이 나아갔다. 끝을 알 수 없이 길게 이어지는 초의 행렬은, 한곳을 향하고 있었다. 가차 없이 잘라내고 살아가려고 해도 도저히 외면할 수 없었던 이야기들이 모두의 마음에 빛을 밝히는 순간이었다. 나는 이 순간의 우리가, 끝없이 이어지던 질문의 대답이 되고 있다는 것을 알았다.

"아빠, 집에 가면 안 돼? 우리 뭐하는 거야?"

작은 촛불을 꽂은 종이컵을 두 손으로 모아 쥐고 불빛을 내려다보고 있던 아이가 따분한 듯 말꼬리를 늘이며 물었다. 아이의 아버지가 작고 하얀 귀를 반쯤 내보인 아이의 털모자를 깊이 눌러 씌우며 속삭였다.

"사람들이랑 같이 있는 거야."

"왜?"

"다 같이 촛불 밝혀주는 거야."

아이는 이해한 것인지 알 수 없는 눈길로 고개를 끄덕였다. 나는 달군 듯이 마음이 뜨거워졌다. 손끝과 발끝이 추위에 얼어가는 동안에도 사람들은 성난 파도처럼 밀려들었다. 모두가 잊지 않고 있었다. 모두가 알고 있었다.

노란 우비를 입은 유족들이 담담하고 굳건한 눈빛으로 걸어갈 때, 빽빽하게 늘어서 있던 사람들은 모두 길을 비켜주었다. 하나의 뜻을 가진 빛의 물결은 고요하고 거셌다. 허공에 대고 외치는 함성에 놀란 것인지 밤하늘은 내리던 찬 눈을 거두고 우리의 목소리를 경청하고 있었다.

그러나 단단하게 쳐진 철벽은 거짓으로 쌓은 탑을 막고 선 채로 묵묵부답이었다. 정작 목소리를 들어야 하는 사람은 귀를 막았다. 차라리 이게 꿈이기를 바라며 두꺼운 벽 속에 감싸여 도피하듯이 잠을 청하는 중인지도 몰랐다. 오직 국고의 열쇠만을 소중하게 손에 쥔 사람들에게, 편히 잠들지 못하는 심해 속의 희생자는 안중에도 없다는 것을 이제 모두가 선명히 알게 되었다. 장벽에 가로막혀도 빛의 사람들은 아랑곳하지 않았다. 그저 멈춰 선 자리에서 물러서지 않은 채로 빛을 밝혔다. 얼굴도 모른 채로 살아온 수많은 인파가 나를 감싸고 있었다. 그 안에서 나는 내가 두려워했던 것의 실체를 깨달았다.

나는 가만히 있는 내가 무서웠다. 고요한 정적 속에서 누군가 가만히 옹송그린 채로 눈을 감을 때, 언제나 그래왔듯이 내가 아닌 다른 누군가가 그를 안전한 세계로 데려가주기를 기다리고만 있던 관람자인 내가 두려웠던 것이다.

무대 위에서 마이크를 쥔 진행자가 추운 날씨에도 꺼지지 않고 일렁이는 촛불 같은 사람들을 격려하고 응원하며 말을 이었다. 그녀의 목소리가 떨리고 있었다.

"지금 우리는 암흑의 시대에 살고 있습니다. 권력자들은 어둠 속에 숨어서 여태껏 거짓으로 우리를 기만했고, 지금은 만천하에 그 거짓말이 드러나고 있습니다. 우리 하나하나의 촛불이 모여서 이 어둠을 몰아내고 밝은 세상을 불러올 수 있을 거라고 믿습니다. 그 마음을 담아서 일 분간 모두 촛불을 끄고 소등의 시간을 갖겠습니다. 잠시 주변이 어두워지겠지만, 그건 더 환하게 밝아지기 위한 준비입니다."

무대 뒤의 전광판으로 카운트다운이 시작되었다. 숫자가 점점 줄어들수록 긴장은 고조되었다.

"전체 소등! 촛불을 꺼주세요!"

훅, 부는 입김에 하나둘 불빛이 꺼지는 데에는 그리 오랜 시간이 걸리지 않았다. 광장을 가득 메우고 있던 빛의 물결은 순간 어둠 속에 휩싸였다. 그러나 두렵지 않았다. 오히려 약속한 순간에 사위가 어두워지자 여기저기서 탄성이 새어나왔다. 모든 불이 꺼진 정전의 시간, 그러나 우리는 누군가가 빛을 밝혀주기를 기다리지 않을 것이다.

"이제 다시 촛불을 밝힐 것입니다. 앞에서 뒤로, 옆에서 옆으로 서로 불씨를 나눠주시기 바랍니다."

나는 초가 된다. 말없이 미소를 건네는 앞사람의 촛불에서 불씨를 빌려와 더 뜨거워진 불덩이를 옆으로 옮긴다. 심지가 뜨거운 초의 마음으로, 찬 바닥 한곳을 밝히고 있다는 자부심으로 꼿꼿이 선다. 불길은 점점 더 먼 곳까지 널리 퍼져 우리는 다시 물결을 이룬다. 사방이 밝아지기 위해서는 누군가의 도움이 필요했고, 나는 그 누군가였다. 스위치를 눌러서 끌 수 없는, 방대하고 광활한 불길 앞에서 우리는 서로의 얼굴을 마주 본다. 낯설지만 익숙한, 거울에 비친 마음 같은 표정들.

빛은 어둠을 두려워하지 않는다. 그저 그 은밀하고 그늘진 구석까지 지치지 않는 마음으로 비춰줄 뿐이다. 한순간 바람이 깊이 불어와 심지에 달라붙어 타오르던 불씨를 앗아간다. 그러나 이내 웅크리고 있던 몸을 펼치듯이 푸른 불꽃이 심지를 붙들고 일어선다. 또렷하게 진실을 바라보는 눈동자처럼, 절대로 꺼지지 않을 등대의 불빛처럼.

〈끝〉